Alliierte Invasion in Sizilien
Ein Roman aus dem Zweiten Weltkrieg

Richard G. Hole

Zweiter Weltkrieg

ZUSAMMENFASSUNG

Der stets unangenehme Nebel verhinderte eine vollständige Sicht. Die britischen Flugzeuge flogen in perfekter Formation in Richtung des vorgegebenen Ziels. In der Mitte wurden die Bombenabwürfe aufgestellt und über diesen flogen die Jäger. Kaum eine Viertelstunde war vergangen, seit sie die Basis in Afrika verlassen hatten und auf die Inseln zusteuerten, wo sie ihre tödlichen Angriffe abwerfen sollten ...

Alliierte Invasion in Sizilien ist eine Geschichte, die zur Sammlung des Zweiten Weltkriegs gehört, einer Reihe von Kriegsromanen, die im Zweiten Weltkrieg spielen.

ALLIIERTE INVASION IN SIZILIEN

KAPITEL I

DEFINIEREN SIE EINEN BEDARF

„Das ist richtig, meine Herren, meine Worte halten sich strikt an die Realität. Es ist notwendig, absolut notwendig, zur Besetzung der drei Inseln des sizilianischen Kanals überzugehen, denn sie sind tatsächlich die Brücke, die uns zum sizilianischen Ziel führen wird. Es wäre völlig unmöglich, auf die Insel zu springen, abgesehen von Pantelleria, Lampedusa und Linosa.

Diejenigen, die Eisenhowers weisen Worten zuhörten, machten von Zeit zu Zeit eine zustimmende Geste, als wollten sie ihre Zustimmung zu den Worten des Generals ausdrücken. Er redete weiter.

„Diese drei kleinen Inseln, die keine territoriale Bedeutung haben, sind eigentlich von großem strategischem Wert für uns. Ich glaube nicht, dass es einfach ist, sie zu fassen. Die Italiener werden sie gut verteidigt haben, weshalb ich es für äußerst gefährlich halte, unsere Landungstruppen zu stürzen, ohne vorher die Operationsgebiete intensiv bombardiert zu haben. Dies wird logischerweise von der Luftfahrt mit Unterstützung der Marine übernommen. Irgendwelche Fragen?

Ein Fliegeroberst, der mehrere Auszeichnungen auf der Brust trug, groß, dünn und mit einem etwas kindlichen Gesicht, fragte:

„Wann sollten diese Bombenanschläge beginnen?

Eisenhower antwortete lächelnd dem Fragesteller:

„Der Auftrag ist bereits erteilt.

"Was bedeutet...?

„Dass sie sofort anfangen sollten.

Es gab einige Momente der Stille, in denen man die Atemzüge der Versammelten hören konnte.

Es waren die ersten Apriltage. Die Tage waren heiß und wurden immer länger. Die Sonne schlug Sekunde um Sekunde durch die

Dunkelheit der Nacht. Aber es war schon ganz umgefallen, als man auch im Inneren des Hauses die Bewegung der darin Versammelten sehen konnte. Das Treffen dauerte mehrere Stunden, was die Wichtigkeit der im Laufe des Treffens diskutierten und entwickelten Themen verdeutlichte.

Eisenhower zeigte mit einem langen Zeiger auf Teile einer großen Karte, die an einer der Wände hing. Die Karte repräsentierte den nordöstlichen Teil Afrikas, Sizilien und Süditalien.

"... das ist der Operationsplan", beendete der General und drehte sich zu den Versammelten um.

Einer von ihnen stand auf und fragte:

„Glaubt der General, dass die Italiener unserer Landung großen Widerstand entgegensetzen werden?

Der lächelnde General beantwortete die Frage wie folgt:

„Es ist natürlich, dass sie dagegen sind, aber ob es viel oder wenig sein wird, kann ich nicht beantworten, bis wir auf dem Vormarsch sind.

"Verstehe.

„Die Inseln selbst", begann Eisenhower erneut, „sind arm, wenn wir also die Versorgungsgruppen schließen, werden sie unserer fortgesetzten Belagerung nicht lange standhalten können. Und sobald unsere Streitkräfte auf diesen kleinen Inseln stationiert sind, der Rest ist so einfach wie möglich.

Die Worte des Generals schienen den Versammelten zu gefallen, die zufrieden lächelten, als sie seine letzten Worte hörten. Letzterer sah auf seine Uhr und sagte:

„Mehr geht nicht, meine Herren. Innerhalb weniger Stunden erhalten Sie konkrete Einzelbestellungen und in einem verschlossenen Umschlag. Sie können sich auf ihre Stützpunkte zurückziehen.

Die anwesenden Häuptlinge standen von ihren Sitzen auf und verließen mit vereinzelten Bemerkungen den Raum. Eisenhower blieb allein im Raum, er betrachtete schweigend die Karte, die vor ihm ausgebreitet war, und lächelte zufrieden. Er zündete sich eine Zigarette an und blieb einige Sekunden regungslos stehen. Dann ging er auch zum Ausgang. Die kühle Nachtluft begrüßte diejenigen, die aus dem Inneren dieses kleinen Hauses kamen. Die Motoren der Militärautos sprangen an, sie dröhnten, die Scheinwerfer gingen an, rasten durch die Dunkelheit, und die Autos entfernten sich auf der kurvenreichen Straße vom Gebäude. Das Militärauto der RAF raste schwindelerregend und hinterließ eine dicke Staubwolke. Das Auto holperte über die unebene Straße und näherte sich seiner Basis in Tobruk. In der Ferne waren die Lichter der afrikanischen Stadt zu sehen. In der Stille der Nacht schien sich das Dröhnen des Motors zu verstärken. Im Auto wollten seine Insassen zur Basis gelangen und diese lästige Fahrt beenden. Colonel Burton, Leiter des Luftwaffenstützpunkts Tobruk, war ein Mann weniger Worte, groß und kräftig gebaut, jünger als seine Jahre. Sein leicht ergrauendes blondes Haar kontrastierte mit dem Rotbraun seines Gesichts. Seine hellen Augen hoben sich ebenfalls enorm von seiner Hautfarbe ab. Die Finger seiner langen und spachtelförmigen Hände demonstrierten die manuelle Geschicklichkeit, mit der er ausgestattet war. Mit einem Stirnrunzeln schwieg er auf dem Rücksitz des Autos, das ihn zur Basis brachte. In Wirklichkeit hat der Fahrer alles getan, um die großen und reichlich vorhandenen Schlaglöcher zu vermeiden, ohne das eine oder andere vermeiden oder erwischen zu können. Den ganzen Weg öffnete der Colonel den Mund. Er schien in tiefen und interessanten Meditationen zu sein. Erst gegen Ende kommentierte er:

„Diese Straße ist sehr schlecht.

Der Fahrer, der die Bemerkung des Obersten hörte, antwortete etwas erstaunt:

„Ja , Sir, das ist es, ich tue mein Bestes, um Schlaglöcher zu vermeiden, aber sie sind so dicht beieinander, dass ...

Der Oberst machte eine Geste mit der Hand und unterbrach den Fahrer mit den Worten:

Nun, ich sage dir nichts.

"Vielen Dank.

Die Fahrt ging weiter, ohne dass ein weiteres Wort aus dem Auto zu hören war. Die Morgendämmerung brach an, als das Auto auf den Spuren des Feldes in Richtung der Abhängigkeiten desselben rollte.

KAPITEL II

DER PLAN WIRD VORGESTELLT

Der Pilot, wenn er nicht fliegt, fühlt sich unwohl und unruhig auf dem Boden kriechend, Wenn das Gift des Fliegens in das Blut eines Menschen eindringt, wird er ständig von einer undefinierbaren Kraft in die Weiten gezogen. Fliegen wird fast zu einer Notwendigkeit für den Piloten, wenn Nostalgie und Verbitterung den Mann befallen, der aus schwerwiegenden Gründen nicht fliegen kann.

Es war bekannt, dass eine neue Aktion vorbereitet wurde. Die Piloten der Basis waren ebenso nervös wie begierig darauf, mit der Aktion zu beginnen, die einstudiert zu sein schien. Es war mehrere Tage her, seit es wirklich einen ernsthaften Eingriff oder einen wichtigen Flug gegeben hatte, und das war Grund genug für die an Dauereinsatz gewöhnten Piloten, unzufrieden zu sein. Aber die Nachricht, dass eine neue und wichtige Militäraktion geplant war, reichte aus, um die Stimmung zu heben und Angst auf den Gesichtern der Piloten zu zeigen. Positiv und inoffiziell war jedoch nichts Sicheres bekannt, "wenn der Fluss rauscht, führt er Wasser", und die Piloten wussten es.

Die Sonne brannte auf das Feld, und die Reflexion war sengend. Die grünen Büsche verfärbten sich und trockneten sehr schnell in dieser anstrengenden Sonne. Unterschlupf vor ihm in den hölzernen und gewellten Baracken kommentierten und spekulierten die Piloten der Tobruk-Basis über das, was kommen würde.

„Meine Herren, die Zeit ist gekommen, unsere Glieder zu lockern, womit ich meine, dass Stunden des Kampfes und Kampfes nahen.

Es gab ein besorgtes Murmeln sowie Zustimmung von den Versammelten.

„Eine lange Reihe von Flügen steht uns bevor", fuhr der Colonel fort, „als Belohnung für die lange und fast lethargische Ruhe, die wir genossen haben. Wir müssen unsere Flugzeuge in ein kontinuierliches Bombardement der Kanalinseln von Sizilien starten. Das Oberkommando hat entschieden um Sizilien zu erobern, aber um es zu erreichen, ist es absolut notwendig, mit der Eroberung der Inseln Pantelleria, Lampedusa und Linosa zu beginnen, die in Wirklichkeit, wie Sie verstehen, die Brückenköpfe sind, die mit Gewalt notwendig sind.

Eine Geste der einhelligen Zustimmung erreichte den Oberst, der mit seinen Männern zufrieden war.

„Wir werden eine totale Zerstörung aller Verteidigungsanlagen der drei Inseln einleiten, sowohl an der Küste als auch im Landesinneren. Wir mit unseren Geräten müssen unsere Arbeit zielstrebig verrichten. Die Flüge beginnen morgen früh um fünf Uhr morgens. Zu diesem Zweck werden das zweite und dritte Bombengeschwader, geschützt durch zwei Kampfgruppen von Hurricanes, voll ausgerüstet für die Mission aufbrechen.

Die letzten Worte des Obersten wurden von den Versammelten mit großer Begeisterung aufgenommen. Diese Männer waren tatsächlich begierig, für ihre Prinzipien und ihre Ideale zu kämpfen, die Nerven des Krieges spiegelten sich in ihnen wider.

"Irgendwelche Fragen?

Niemand machte das leiseste Zeichen, irgendetwas fragen zu wollen. Der Oberst wischte sich mit einem Taschentuch über die schwitzende Stirn und sagte schließlich:

„Morgens um halb drei treffen mich hier die Leiter der genannten Trupps. Nichts mehr.

Major Charles Cameron ging langsam zu seinem Zimmer, als er Schritte hinter sich hörte und eine Stimme, die er sofort als die des Colonels erkannte, sagte:

„Ich möchte mit Ihnen sprechen, Major.

Cameron drehte sich um und winkte:

„Zu Ihrer Verfügung, mein Herr.

Mit einer Geste bedeutete der Colonel dem Major, er solle weiter den Korridor hinuntergehen, in Richtung des Offiziersausgangs, wo sich eine kleine Bar befand. In diesem Raum angekommen, sagte der Colonel, während er den Major anstarrte:

„Ich habe großes Vertrauen in dich, Cameron.

„Danke, mein Herr.

Der Colonel zündete sich eine Zigarette an und bot dem Major eine weitere an, fuhr fort.

„Wir haben eine Phase harter Arbeit begonnen, und ich persönlich wünsche ihm viel Glück. Ich glaube nicht, dass es wirklich sehr schwierig ist, diese drei kleinen Inseln zu besetzen. Es ist jedoch immer gut, uns Glück zu wünschen, und ich wiederhole, ich wünsche es Ihnen.

Durch zusammengebissene Zähne, als wäre ihm die Worte des Obersten etwas peinlich, antwortete der Major:

„Ich danke dir für deine Worte.

„Du bist der Mann, der das größte Vertrauen in mich verdient, von denen, die hier sind. Du hast mehrere Male unter meinem Kommando gekämpft: und ich kenne deine Faser. Ich weiß, es ist hart. Ich vertraue Ihnen das vollständige Kommando über die Mission an.

"Vielen Dank.

„Gib sie mir nicht. Vielleicht führt es zu seinem Tod.

„Oder vielleicht zum Ruhm.

Beide Männer starrten einander an, als erwarteten sie eine plötzliche Reaktion. Der Älteste senkte die Augen und sagte:

„Ich hoffe, ich enttäusche Sie nicht, Sir.

„Ich weiß, dass er es nicht tun wird.

Die Wanduhr zählte die Stunden mit frostigem Marsch. Der ältere Cameron warf ihm von Zeit zu Zeit einen Blick zu, als würde er etwas erwarten, und das tat er tatsächlich.

„Er ist nervös?", fragte der Colonel.

„Ich weiß nicht, was ich dir sagen soll. Wenn ich an das denke, was kommt, werde ich Ihnen sagen, dass ich ein wenig nervös bin, es liegt nicht an den Kämpfen, denen ich mich stellen muss; vielmehr aus Angst vor dem Vertrauen, das Sie mir entgegengebracht haben.

"Warum?

„Wenn ich versagen würde, wäre das aus moralischer Sicht ein sehr schwerer Schlag. Es würde mich mehr berühren, als du dir vorstellen kannst.

„Verstehen Sie das nicht so, Major", sagte der Colonel in tröstendem Ton und fuhr fort.

„Du bist ein großartiger Flieger. Wir alle wissen es und Sie sollten es auch wissen. Das gibt ihm Selbstvertrauen, das ist der größte Ansporn, wenn es um Fälle wie diesen geht.

„Ich weiß, aber ...

„Nichts, Major, ich erlaube Ihnen nicht, in irgendeiner Weise zu zögern.

"Gut.

„Jetzt musst du dich für ein paar Stunden schlafen legen. Wenige eigentlich, weil es nicht viele hat. Ruhen Sie Ihre Nerven aus.

„Danke, mein Herr.

Er erhob sich von dem bequemen Sessel, in dem er saß, begrüßte seinen Colonel und ging langsam zum Ausgang. Als er dort ankam, schien er einen Moment zu zögern, aber dann öffnete er mit fester Hand die Tür und verließ den Raum. Der Colonel sah ihm nach, beobachtete jede seiner Bewegungen.

Charles Cameron, der auf seinem Bett lag, dachte an seine Schulzeit, die er bereits hinter sich hatte. Damals war er dreißig Jahre alt und sein Militärleben war voller Ruhm; Doch tief in seinem Inneren war etwas, das ihn nicht glücklich machen ließ. Die Uhr tickte weiter. Die Schatten der Nacht würden vom Licht der Morgendämmerung durchbrochen werden. In voller Flugausrüstung machte sich der Major auf die Suche nach bestimmten Befehlen.

KAPITEL III

ALARM

Der stets unangenehme Nebel verhinderte eine vollständige Sicht. Die britischen Flugzeuge flogen in perfekter Formation in Richtung des vorgegebenen Ziels. In der Mitte wurden die Bombenabwürfe aufgestellt und über diesen flogen die Jäger. Kaum eine Viertelstunde war vergangen, seit sie die Basis in Afrika verlassen hatten und auf die Inseln zusteuerten, wo sie ihre tödlichen Angriffe abwerfen sollten. Abgesehen von dem Nebel, der die Atmosphäre trübte, war der Tag perfekt für den Flug. Leichter Gegenwind hatte dem Flugzeug erlaubt, eine respektable Höhe zu erreichen. Majestätisch flogen die Flugzeuge und hielten den Funkverkehr aufrecht. Unter ihnen erstreckte sich vollkommen ruhig das Meer, auf dessen Oberfläche das Licht der aufgehenden Sonne funkelte. Nach und nach ließ der Nebel nach und der blaue Himmel nahm eine überschwängliche Schärfe an. In der Ferne erschienen die Silhouetten von Zielen am Horizont. Auf sie wurden die Apparate gerichtet. Major Cameron stand wieder dem Feind gegenüber, seine sehnigen Hände umklammerten den Kommandoposten, seine Füße stützten sich auf die Ruderpedale. Sein Apparat im Kopf leitete die Operation.

" Aufmerksam gegenüber dem Gehackten; nach rechts rutschen. Zehn Sekunden!

Zehn, neun, acht, sieben, sechs, die Sekunden vergingen und die Bombardierungsgruppe bereitete sich auf den Start vor ...

Null...!

... die Flugzeuge richteten ihre Bögen auf den unter ihnen ausgebreiteten Zielen aus und tauchten schnell ab. Die Höhenmesser senkten sich einstimmig, während sich die Erde den Geräten zu nähern schien. Plötzlich eröffneten die Flugabwehrbatterien der angegriffenen Insel das Feuer auf sie. Es war zu erwarten, dass die italienische Abwehr eingreifen würde. Allerdings wurde die Insel stärker verteidigt, als man eigentlich glaubte. Die Flugabwehreinheiten feuerten sehr schnell, sodass die Briten einen Moment lang verblüfft waren. Aus den schwarzen Bäuchen der britischen Flugzeuge kamen die tödlichen Bomben. Mit einem eiskalten Zischen fielen sie schräg zu Boden. Die Explosionen folgten aufeinander. Cameron gewann an Höhe und hinter ihm die restlichen Bomber. Wieder waren die Geräte bereit, sich selbst auf die Ziele zu starten. Vor ihnen tauchte jedoch plötzlich eine üppige Formation feindlicher Jagdgeräte auf. Der Kampf versprach stärker zu werden als erwartet.

«... ich vertraue auf dich, ich vertraue auf dich ...». Die Worte des Colonels hämmerten in Major Charles Camerons Schläfen.

Die britischen Jäger, die Hurricanes, griffen die feindlichen Flugzeuge mit tödlicher Wucht an. Die Geräte beider Seiten jagten einander in einer schrecklichen Jagd und ließen die Getroffenen mit schwarzen Rauchfahnen im Weltraum zurück. Die Bomberflugzeuge, die die Anwesenheit der feindlichen Jäger so weit wie möglich ignorierten, setzten ihr hartnäckiges Bombardement fort, während die Hurrikane sich mit den Jägern befassten. Das Feuer der Küstenbatterien hatte fast aufgehört, als die italienischen Jäger auftauchten. Die Hölle war im Himmel. Ein englischer Bomber, der von italienischem Feuer getroffen wurde, explodierte mitten in der Luft, und seine brennenden Trümmer fielen auf die zertrümmerte Erde der Insel. Die Piloten starben leider. Mit starrem, ausdruckslosem Blick folgte Cameron der Flugbahn der Überreste des Flugzeugs der Landsleute. Die Maschinengewehre beider Seiten hörten nicht auf, ihre makabren Lieder zu singen, das von ihnen ausgespuckte Blei zerfurchte die Räume in alle Richtungen und erfüllte alles mit Tod und Schrecken. Der Kampf zwischen den Kämpfern war blutrünstig, aber edel. Die Geräte rasten aufeinander zu und als sie sich in einer bestimmten Entfernung befanden , feuerten sie ihre Waffen ab. Die Piloten machten wahre Meisterflüge, um nicht von den Böen getroffen zu werden. Die Leuchtspurgeschosse sahen aus wie Geister, die den auserwählten Feind jagten. Major Cameron beendete die Aufführung, als die Bombenreserven erschöpft waren, und befahl dann die Rückkehr zur Basis.

Die italienischen Flugzeuge verfolgten hartnäckig die RAF-Flugzeuge. Die britischen Jäger griffen die Verfolger wütend an. Der Major hob seine Schutzbrille an und lockerte seinen Sicherheitsgurt ein wenig, sagte der Major zu seinem Stellvertreter, der im hinteren Cockpit stationiert war.

„Am Anfang war es nicht schlecht.

Der zweite, der vom Armaturenbrett aufsah und dem Ältesten zunickte, antwortete:

„Nicht viel weniger, wurde prognostiziert. Ich hatte nicht erwartet, dass uns die Italiener mit solcher Energie empfangen würden.

„Ich auch nicht ...

Plötzlich rief der zweite nach dem Mayar .

„Wir verlieren Treibstoff!

Tatsächlich fiel die Nadel der Tankanzeige gefährlich ab.

„Wir haben Rückenwind. Wir werden ankommen, da bin ich sicher, wenn sich die atmosphärischen Bedingungen nicht ändern.

Der zweite Pilot antwortete dem Major mit einer Geste des Zweifels.

"Wir werden sehen.

„Zögern Sie nicht.

Der Apparat flog mit konstanter Geschwindigkeit weiter. Der Rückenwind schien stärker zu werden und gleichzeitig schien der Treibstoffverlust gestoppt zu sein. Der Älteste wandte sich dem zweiten zu und sagte:

„Alles läuft gut, wir werden ankommen.

„ So scheint es. Der Rückenwind verschafft uns einen großen Vorteil.

"Na sicher.

In der Ferne zeichneten sich die Umrisse der afrikanischen Küste ab. Freude überflutete die Herzen der Flieger. Cameron holte tief Luft. Sein Flugzeug hielt stand und er hatte keinen Zweifel daran, dass er die Tobruk-Basis erreichen würde.

Der Motor begann auszusetzen, als Major Charles Cameron über die Basis flog. Er hatte jedoch keine Angst mehr; flog über den Flugplatz.

„Wir sind gerettet! schrie der Älteste und wandte sich seinem zweiten zu.

„Ja, ich leugne nicht, dass ich Angst hatte, nicht anzukommen.

„Aber da unten ist unser fester Boden. Ich werde landen. Festhalten. Das Flugzeug begann in leicht geneigtem Flug Richtung Boden an Höhe zu verlieren. Nach einigen Momenten der Qual richtete Cameron das Flugzeug auf und ließ sich in einem perfekten Dreipunktschuss zu Boden fallen. Das Flugzeug rollte über den Boden und steuerte auf die Hangars zu. Nach dem Apparat des Größten folgten die anderen und landeten alle in perfekter Ordnung.

„Fertig", sagte der Major, stieg aus dem Cockpit und nahm seinen Flughelm ab.

„Gott sei Dank", kommentierte der zweite hinter seinem Rücken.

„Geben Sie die passenden Befehle, um den Apparat zu überprüfen.

"Gut.

„Erzählen Sie mir in wenigen Minuten von den Verlusten und Schäden, die an den anderen Geräten erlitten wurden.

"Jawohl.

„Machen Sie es genau.

"Gut.

Mit entschlossenem Schritt ging der Major zum Büro des Obersten, in der Absicht, über alles Geschehene Bericht zu erstatten. Während des Rundgangs durch den kurzen Raum, der ihn vom Büro trennte, kamen ihm eine Vielzahl von Ideen in den Kopf. „Ich bin kein Versager. Ich habe den Oberst nicht enttäuscht.« Eigentlich war der ältere Cameron nie ein Versager gewesen, jedoch war er nie zufrieden mit sich selbst, alles, was er tat, erschien ihm wenig und wertlos. Vor der Bürotür blieb er kurz stehen, überlegte, welchen Ausdruck er seinem Gesicht verleihen würde, und trat dann entschlossen ein. Der Blick des Obersten fixierte ihn. Manchmal verspürte er eine qualvolle Qual.

„Zu Ihren Diensten Mr.

Aufstehen fragte der Colonel.

"Was gibt's Neues?

KAPITEL IV

DIE KOMMENTARE

Die Bar auf dem Luftwaffenstützpunkt Tobruk war voll mit Piloten und Offizieren, die über die Intervention diskutierten, die über den sizilianischen Kanalinseln durchgeführt worden war . Bewunderung.

„Die Italiener waren vorbereitet: Woher wussten sie von unserem Vergehen? Es passieren sehr seltsame Dinge; Ich versichere dir.

Ein junger Pilot, vielleicht der jüngste aller Anwesenden, der aufgrund der Verzierungen, die seine Brust bedeckten, ein wahres Fliegerass zu sein schien, antwortete:

„Das war die logischste und natürlichste Sache. Sie wussten, dass wir in ein paar Flugstunden von Tobruk aus auf ihnen waren, also mussten sie vorbereitet sein und...

„Ich stimme nicht zu", unterbrach der alte Pilot und fuhr fort. Das Oberkommando hatte uns mitgeteilt, dass die Italiener völlig unvorbereitet seien.

„Aber die Dinge passieren normalerweise so, wie man es am wenigsten erwartet.

"Was meinen Sie?

„Nun, das, wir können niemandem im Geringsten trauen.

"Warum?

„Die Italiener werden natürlich ihren Informationsdienst haben.

Die Versammelten werden für einige Augenblicke schweigen, als würden sie die letzten Worte des jungen Fliegers studieren. Er sah seine Gefährten an, und plötzlich stieg in ihm der Zweifel auf, ob er sie vielleicht mit seinen Worten gekränkt hatte.

„Ich denke, Sie werden meine Worte verstehen", warnte er in einem etwas unterwürfigen Tonfall. Seine Gefährten lächelten ihn an und einer von ihnen klopfte ihm auf den Rücken und antwortete:

„Freund, es scheint mir, dass Sie zu viele blutige Romane lesen.

Sie lachten alle und die oben genannten antworteten.

„Es ist lange her, dass ich Krimis gelesen habe, aber ich will nicht leugnen, dass ich früher so viele gelesen habe, wie ich in die Finger bekommen konnte. Einige davon sind sehr interessant und man wird für wenig Geld abgelenkt, und...

Ein Beamter, der sich dem Redner näherte, unterbrach ihn und sagte:

„Hören Sie, Powell, Sie müssen es uns nicht erklären, aber wir kennen bereits Ihre großartige Lesefähigkeit und all das Zeug, das Sie uns, wenn ich mich recht erinnere, mindestens ein paar hundert Mal erklärt haben.

Etwas verlegen blickte Powell auf und starrte über die Schulter seines Partners hinweg auf Major Charles Cameron, der ihn angesichts des verwirrten Ausdrucks auf seinem Gesicht anlächelte.

„Wirst du mich zum Schweigen bringen?

„Das ist es nicht, was wir nicht wollen, ist, dass du das Album wiederholst.

„Nun, dann gehe ich.

Der Pilot Powell nahm seine Mütze und entfernte sich von der Gruppe seiner Gefährten, die über sein gutmütiges Aussehen lachten. Major Cameron näherte sich Captain Leith und sagte:

„Er ist wirklich ein guter Junge.

Er wandte sich an den Hauptmann, zu dem er sprach, und antwortete in bestätigendem Ton.

„Ja, Herr, das ist es.

„Ich denke, sie legen sich zu viel mit ihm an.

"Sie glauben?

"Ja.

„Ich werde versuchen, es zu reparieren.

Cameron nahm einen weiteren Schluck von seinem Bierglas und blickte dann einige Augenblicke schweigend auf die Pilotengruppe. Die Flieger sprachen über die unterschiedlichsten Themen und wechselten fast ständig das Gespräch über Schattierungen und Farben. Eines der am häufigsten ausgenutzten Themen war das Reden über die Vergangenheit, über die Häuser, die sie verlassen hatten, die Familie, die weit weg war, die Freundinnen und Freunde, die sie sehen wollten. Alle waren begeistert von dem Thema, und im Allgemeinen erklärten die Flieger fast für eine strenge Wendung ihr Leben, fast mit Haaren und Tinte.

"... Das ist mein Leben...

"Sehr vulgär", antwortete Kapitän Leith einem Leutnant, der gerade einige Fakten aus seinem "hektischen Leben", wie er es nannte, erzählt hatte.

„Daran ist nichts Vulgäres", erwiderte er etwas gekränkt auf die Antwort des Kapitäns.

Um ihn zu verärgern, änderte Leith seine Meinung nicht.

„Ich finde nichts Nennenswertes an ihr.

„Er tut es absichtlich, um mich zu ärgern, nicht wahr?

„Nichts davon, ich gebe Ihnen meine aufrichtigste Meinung.

Die Flieger lächelten über die Reizbarkeit des Begleiters. Kapitän Leith schien amüsiert.

Gegen acht Uhr nachts wurde die Basisbar geschlossen, was alle Flieger zwang, sie zu verlassen. Mit einer Geste des Unmuts gingen sie hinaus. Major Cameron war längst gegangen und ließ seine Gefährten in die Erklärungen ihres jeweiligen Lebens versunken zurück. Die Nacht war klar; vielleicht im Übermaß. Der Vollmond erschien als große Scheibe, die im Weltraum schwebte. Keiner der Piloten mochte dieses Licht, es war ideal, um einen Nachtangriff zu erleiden. Captain Leith lehnte sich, nachdem er sich eine Zigarette angezündet hatte, gegen das Fensterbrett und betrachtete den Landeplatz, der sich vor ihm ausbreitete. Plötzlich spürte er, wie ihn jemand von hinten fragte.

„Besorgt ?

Der Captain drehte sich um, um zu sehen, wer mit ihm sprach, und erkannte seinen Partner, Captain Sammy Geldon .

"Nö.

"Denken?

"Sowas in der Art.

Geldon sah seinen Gefährten etwas neugierig an, und ohne sich dagegen wehren zu können, fragte er:

"Über was denkst du nach?

Leith, ohne zu sehen, wer fragte, und mit leiser Stimme antwortete.

„Auf Major Cameron.

„Im Ältesten! Wieso den?

„Ich würde gerne wissen, was er in seinem früheren Leben verbirgt, ich meine, bevor er umgezogen ist. Wir alle haben sein Leben unzählige Male erklärt, und wir alle wissen, was wir bis heute getan haben, aber er, wenn Sie es bemerken, hält seine Vergangenheit verborgen.

„Sie haben ein wenig Recht, aber er hat uns gesagt, dass er Archäologe ist.

"Aber nichts anderes...

Leith nahm ein paar lange Züge und ließ dann zwei Rauchschwaden aus seiner Nase entweichen.

„Und was kümmert dich die Vergangenheit des älteren Mannes?

„Es ist nicht so, dass ich mir wirklich Sorgen mache, sondern dass ich neugierig bin zu wissen, was es nicht erklärt; sein Leben kennen.

„Vielleicht wird er an dem Tag, an dem du es am wenigsten erwartest, all die Dinge seines Lebens veröffentlichen und dann wirst du enttäuscht sein.

"Kann sein.

„Dessen kann man sich fast sicher sein.

„Ich würde mich freuen, wenn es so wäre.

Die beiden Beamten gingen Seite an Seite in Richtung ihrer ihnen zugewiesenen Schlafzimmer. Geldon blickte zum Himmel und machte eine besorgte Geste und sagte:

„Es würde uns nicht schwerfallen, heute Abend Besuch zu bekommen.

„Es könnte sein, aber es ist besser, nicht zu denken.

"Sicher.

„Guten Abend, und erfinden Sie keinen Gruselroman um den Ältesten.

„Das werde ich, gute Nacht.

"Wiedersehen.

KAPITEL V

WEITERE ANKÜNDIGUNGEN

Feuerrot ging die Sonne auf, erweckte den Tag mit ihren klaren Lichtern und erleuchtete den Raum. Der Himmel war völlig klar und ein leichter Wind aus dem Norden neigte dazu, die Umgebungstemperatur zu senken. Auf dem Flugplatz war nicht die geringste Bewegung zu beobachten, es schien, als ob alles noch schliefe, aber in Wirklichkeit herrschte seit zwei Stunden ein fieberhaftes Treiben, versteckt unter den Decken der Hangars und Nebengebäude. Die Nacht war ruhig vergangen, ohne dass irgendetwas den Frieden störte, während dieser Zeit, in der der Tagstern den Blicken der Menschen verborgen ist. Der wehende Wind wirbelte mit seinen Böen kleine Mengen Sand und Erde auf, die sich durch das Flugfeld bewegten und gegen die Wände der Hangars prallten. Von der Sonne getrocknete Büsche wurden ebenfalls vom Wind in einem ständigen Kommen und Gehen mitgerissen. In der Atmosphäre lag etwas Trostloses; so etwas wie ein Hauch von Traurigkeit schien an diesem Morgen über den Flugplatz von Tobruk gegangen zu sein. Die Hülse zeigte die Windrichtung an, wobei die Spitze des Wetterturms von Zeit zu Zeit Abweichungen erlitt. Eigentlich war alles eintönig und schwer. Die Flugzeuge verharrten wie große tote Ungeheuer bewegungslos in den Hangars, als wären sie von der Traurigkeit dieser Morgendämmerung gelähmt. Als jedoch die Sonne aufging, schienen die unbedeutendsten Gegenstände zum Leben zu erwachen und tauchten nach und nach alles in die Farben des Lebens.

Im Konferenzraum befand sich eine große Anzahl Pilotoffiziere, die sich zu Gruppen zusammengeschlossen hatten und verschiedene Gespräche führten, während sie auf die Ankunft des Basischefs , Colonel Burton, warteten, der ihnen befohlen hatte, sich zu einem Interview zu treffen. Die Flieger fragten sich gegenseitig, was der

Grund für dieses Treffen sei. Sie hätten etwa zwölf Minuten gewartet, als plötzlich Colonel Burton vor ihnen auftauchte, der sie ansprach und sagte:

„Setzen Sie sich, meine Herren.

Die Flieger befolgten den Befehl, wählten einen Standort und ließen sich nieder. Augenblicke später herrschte eine fast begrabene Stille, die von der dicken und männlichen Stimme des Colonels unterbrochen wurde.

„Eigentlich habe ich Ihnen nichts Großartiges zu sagen, aber ich wollte mich mit Ihnen über Eindrücke austauschen.

Die Flieger sahen sich in stummen Fragen an. Der Oberst fuhr fort:

„Bei unserem Angriff auf die Insel Pantelleria wurden wir von einer starken feindlichen Opposition überrascht, die wir nicht erwartet hatten. Es war zwar zu erwarten, dass die Italiener sich wehren würden, aber so, wie sie es taten, nein. Anscheinend sind die drei Inseln gut vorbereitet, um unsere Angriffe zu stoppen, oder? "Einhellige Zustimmung kam von den versammelten Piloten." Nicht nur die starke und zähe Abwehr der Flugabwehrgeschütze hat uns verblüfft, sondern auch das Eingreifen feindlicher Flugzeuge, mit denen wir nicht wirklich gerechnet haben, woraus sich schließen lässt, dass die uns anvertraute Mission, It ist nicht so einfach oder einfach, wie es zunächst schien. Im Gegenteil, es bringt ernsthafte Schwierigkeiten mit sich. Aber wenn ich mich auf Ihr Fachwissen verlasse, weiß ich, dass wir bei unserer Mission siegreich sein werden. Meine Worte sollen dich nicht ermutigen, denn ich weiß, dass es keinen Grund dafür gibt. Ich gebe Ihnen nur die Fakten.

Die Stimme des Obersten, ruhig und gleichmäßig, ohne Höhen und Tiefen, hatte einen angenehmen Ton. Die Versammelten lauschten mit wachsendem Interesse den Worten des Obersten, der abwechselnd alle Blicke ansah und seine Pläne und Pläne erläuterte. Der Raum war eigentlich klein, um diese ziemlich große Anzahl von Fliegern unterzubringen, von denen einige auf Zustellbetten sitzen mussten.

„Aufgrund der gemachten Erfahrungen", fuhr der Oberst fort, „müssen wir bei den nächsten Einsätzen vorsichtiger vorgehen bzw. mit größerem Unfug vorgehen. Heute werden wir keine Flüge durchführen. Um Mitternacht werden Sie jedoch fliegen weg, um in den frühen Morgenstunden das Bombardement durchzuführen, bei dem die Verteidiger zweifellos unvorbereiteter sein werden, verstehen Sie?

Die Frage des Obersten war eigentlich völlig unnötig, da das, was er gesagt hatte, nichts Ungewöhnliches und Schwerverständliches enthielt, aber es war seine Gewohnheit, immer am Ende eines jeden noch so einfachen Punktes zu fragen. Die Versammelten, die diese Besonderheit bereits kannten, nickten fast mechanisch, woraufhin sich der Oberst zufrieden und ermutigt fühlte, mit der Darlegung der Tatsachen fortzufahren. Nach einem Moment des Schweigens sprach er wieder.

„Dieses Mal wird die Expedition aus den gleichen Geräten wie die vorherige bestehen, wobei ein weiteres Geschwader von Jägern hinzugefügt wird, die immer nützlich und notwendig sind. Auf diese Weise wird der Bombenapparat selbst trotz starker italienischer Opposition freier als zuvor agieren können.

Die Idee, dass ein weiteres Geschwader von Hurricanes bei diesem Angriff, der durchgeführt werden sollte, hinzugefügt werden würde, schien den Piloten der Bombenabwehrgeräte zu gefallen, denn ein breites Lächeln spiegelte sich auf ihren Gesichtern wider, was es bewies. Colonel Burton wusste, dass seine Idee von seinen Piloten begrüßt worden war und war einigermaßen zufrieden damit.

„Möchtest du mir Fragen stellen? Der Oberst war fertig.

Gardiner stand plötzlich auf und fragte:

„Unser Ziel: Ist es genauso wie beim letzten Mal?

Spöttisch lächelnd geantwortet.

„Ja , das gleiche, noch etwas?

"Ja.

"Ich fragte nach.

„Sollen wir Funkkontakt mit der Basis halten?

„Nein, überhaupt nicht, sie sollten die Existenz des Radios vollständig vergessen.

"Verstanden.

„Ich werde ihnen keine neuen Befehle erteilen, weil sie bereits wissen, was sie tun müssen. Sie können sich jetzt zurückziehen und sich für die Ihnen verbleibende Zeit ausruhen.

"Vielen Dank.

Die Lotsenoffiziere verließen den Raum in Richtung ihrer Zimmer. Major Charles Cameron ging wie immer leise in sein Schlafzimmer, als er seinen Namen rief. Er erkannte sofort die Stimme von Kapitän Gardiner, der ihn näherte und ihn fragte.

„Was ist los? Ich finde dich besorgt.

Da zwischen dem Major und dem Kapitän eine gewisse Freundschaft bestand, wunderte es niemanden, dass der Kapitän den Major wirklich freundschaftlich angerufen hatte.

"Mir geht es nicht gut.

„Aber ich scheine zu vermuten, dass dich etwas stört ...

"Du liegst falsch. Du versagt als Psychologe.

„Gut, ich gebe auf.

Der Major streckte dem Kapitän die Hand entgegen und sagte:

„Lass uns gehen, wir müssen uns ausruhen. Morgen erwartet uns ein Knochen.

„Du hast Recht, gute Nacht.

"Wiedersehen.

Cameron ging in sein Zimmer und legte sich aufs Bett, ohne sich auszuziehen. Augenblicke später war er fest eingeschlafen.

KAPITEL VI

NEUE BEGEGNUNG

Die Geräte erschienen als kleine Punkte in der unendlichen blauen Nacht. Die Sterne funkelten und der Mond tauchte in sein silbernes Licht die Geräte , die in über dreitausend Metern Höhe wie ein unendlicher Abgrund die Weite durchzogen. Die RAF-Staffeln steuerten im Höhenflug das Ziel an, auf das sie hingewiesen worden waren. Die Geräte in perfekter Formation, die ihre Motoren mit maximaler Kraft aufbrüllten, glitten schnell über die Luftfetzen. Die aerodynamischen Linien der Flugzeuge durchschneiden die Luft nahezu widerstandslos innerhalb der erreichten technischen Grenzen. Über den Fliegern war das großartige Schauspiel der Nacht ohne Wolken und mit unzähligen Sternen geronnen, angeführt vom Stern der Nacht.

Unten, tief unten, fühlte sich das Meer fest an, hart und kalt wie Stahl. Das Mondlicht funkelte auf der Wasseroberfläche mit metallischen Reflexen wie Quecksilber. Die Propeller der Flugzeuge drehten sich in der Luft, schleuderten sie nach hinten und zwangen die Masse aus Stahl und Eisen, in der Luft zu bleiben, wobei sie die Wirkung der Schwerkraft vernachlässigten. Mondlicht strömte in die Cockpits und ließ die Flieger wie Mumien aussehen. Das beleuchtete Steuerpult zeigte dem Piloten die Flugsituation und deren Bedingungen. Die Nacht war der Schutz dieses Fluges, den die Engländer auf den italienischen Stützpunkten der Inseln des Kanals von Sizilien durchgeführt haben.

Als das Flugzeug vom Luftwaffenstützpunkt abhob, blieb Colonel Burton in seinem Büro und beobachtete die Startmanöver des Flugzeugs durch das Glas eines der Fenster. Zufrieden sah er ihnen beim Abheben zu, während ein zufriedenes Lächeln auf seinem Gesicht erschien. Er hatte Vertrauen in seine Männer und wusste, dass sie mit

Händen und Füßen für die Aufrechterhaltung ihrer Ideale kämpften. Das letzte Grollen der Motoren war bereits in der Ferne verklungen, als sich der etwas müde Oberst auf sein Bett legte, auf seine Uhr sah und tief seufzend zu schlafen versuchte, während er in seiner Vorstellung die Silhouetten der anfliegenden Flugzeuge sah Suche nach dem Feind. Das Ticken der Uhr schien lauter geworden zu sein und zu einem schweren Hämmern geworden zu sein, der Schlaf kam nicht und die Nerven übermannten den Oberst, der ungeduldig mit schrecklicher Häufigkeit die Uhr konsultierte.

In ihrem monotonen Flug näherten sich die Geräte dem angezeigten Ziel. Major Cameron verständigte sich ganz ruhig mit seinem Co-Piloten.

„Gehen Sie die Waffen und das Zubehör durch.

"Nun Herr.

„In ein paar Minuten sind wir über unserem Punkt. Die Zeit zum Handeln wird wieder gekommen sein.

"Ich weiss.

Cameron fixierte den Horizont. Plötzlich setzte ihr Herz einen Schlag aus. Dort in der Ferne schien er einige helle Punkte zu erkennen. Könnten es feindliche Flugzeuge sein? Er fixierte seine Augen und schenkte ihm mehr Aufmerksamkeit. Nach einigen Momenten des Zögerns sah er wieder diese winzigen Punkte, die sich ungefähr auf derselben Höhe wie sie befanden. Nervös informierte er den Copiloten über die gemachte Beobachtung. Er blickte dorthin, wo der Älteste hinwies.

"Ich unterscheide nicht...

"Schau dich gut um...

Einige Augenblicke lang herrschte eine schreckliche nervöse Anspannung.

„Ja, jetzt sehe ich sie...!

"Was denkst du...?

Der Copilot brauchte einen Moment, um zu antworten. Dann antwortete er mit bejahendem Tonfall.

„Das sind Flugzeuge und sie kommen hierher.

„Es gibt nicht den geringsten Zweifel. Sie sind italienisch. Es wird es an die anderen Geräte weitergeben.

Sehr schnell teilte der Major den Apparaten, die die Streitkräfte bildeten, die nach Pantelleria flogen, die Anwesenheit anscheinend feindlicher Flugzeuge mit. Sobald die Beobachtung gemeldet wurde, gewannen die Bomber an Höhe und das Kampfflugzeug flog auf die Punkte zu, die am Horizont aufgetaucht waren und allmählich an Größe zunahmen, um die Silhouette der feindlichen Flugzeuge wenige Augenblicke später perfekt erkennen zu können.

"Die Kämpfer werden sich darum kümmern , wir verzichten darauf und gehen direkt zu unserem Ziel", sagte der Major zu seinem Stellvertreter.

"Gut.

„Das sind die Aufträge, die wir haben.

"Ich weiss.

„Passen Sie auf jeden Fall auf, natürlich kommen die italienischen Kämpfer mehr für uns als für die Hurricanes, sie interessieren sich für uns, weil wir der große Vogel sind.

„Das ist am natürlichsten.

„Prasch.

Der Kampf, der sich ihnen näherte, versprach, etwas stärker zu werden als der vorherige, da beide Seiten bei dieser Gelegenheit die Anzahl der Flugzeuge erhöhten. Die Engländer hatten ein Jagdgeschwader hinzugefügt, und die feindlichen Streitkräfte schienen auf den ersten Blick zahlreicher als beim vorherigen Mal. Die italienischen Flugzeuge machten ein schnelles Manöver im Einklang, drehten sich auf ihre Seite und griffen die RAF-Flugzeuge von der Seite an.

„Er war bewaffnet!", rief der Ältere seinem Sekundanten zu.

„Und es verspricht, eine Erleichterung zu sein.

„Lass uns mehr Höhe gewinnen, das passt zu uns.

"Jawohl.

"Hoch!

Major Cameron zog energisch am Kontrollposten und hob sein Fahrzeug aus dem Feuer der italienischen Jäger in größere Höhen.

„Da ist die Insel! „Der zweite schrie und zeigte auf eine schwarze Masse, die sich über das Meer erstreckte.

„Ja, wenn wir dran sind, werden wir stechen.

„Und die anderen Geräte?

„Sie werden dasselbe tun.

Die Hurricanes kollidierten in einem blutigen Ansturm mit den feindlichen Flugzeugen. Die Maschinengewehre sprachen, und im Weltraum hinterließen die Leuchtspurgeschosse weiße Flugbahnen, die von einem Lichtpunkt angeführt wurden. Sowohl die Piloten der einen als auch der anderen Seite erwiesen sich als Männer mit großem Mut, da sie mit großer Verachtung und Mut kämpften. Als ein Hurrikan auf dem linken Flügel ausrutschte, um aus dem Feuerbereich eines feindlichen Flugzeugs zu kommen, das frontal darauf schoss, überquerte ein italienisches Flugzeug ihn und verursachte die unvermeidliche Katastrophe. Beide Flugzeuge waren ineinander eingebettet, und die beiden durch die Flammen vereinten, stürzten in die Leere und zogen die Piloten mit sich. Augenblicke später verschlang das Meer die flammende Masse.

Als Cameron über die Insel tauchte und auf die als Ziele auf der Insel angegebenen Orte zusteuerte, ging ihm der Rest des Bombenapparats voraus. Alle zusammen näherten sie sich der Insel in einem schwindelerregenden Fall, während die italienischen Jäger große Anstrengungen unternahmen, um dies zu verhindern. Die Bomben fielen aus dem Inneren der Geräte und diese, eine tödliche Flugbahn beschreibend, kollidierten mit dem Boden der Insel. Die Explosionen der unzähligen Bomben erfüllten den Raum mit roten Blitzen und schwarzem Rauch. Plötzlich stieg eine große Flamme hoch über dem Inselboden auf.

„Wir haben einen Gastank berührt!

Major Cameron beantwortete seinen zweiten mit einem knappen Nicken. Die Flammen des Feuers stiegen bedrohlich auf, gekrönt von dichtem schwarzem Rauch. Die Sonne ging auf, als die Insel verlassen wurde, konnten mehrere bedeutende Brände beobachtet werden, die das Ergebnis der Bombardierung durch die britische Luftfahrt waren.

KAPITEL VII

UNRUHE

Wie spät wäre es? Als Colonel Burton erschrocken aufwachte, war er sich überhaupt nicht bewusst, ob er viel oder wenig geschlafen hatte. Das erste, was ihm auffiel, war, dass die Morgensonne durch das Bürofenster hereinkam. Dann wurde ihm plötzlich das klassische Dröhnen von Flugzeugtriebwerken bewusst. Sie waren zurück! Als er nach draußen trat, blies ihm die kühle Morgenluft ins Gesicht und beruhigte Colonel Burton. Im Nordosten waren die perfekten Formationen der englischen Flugzeuge zu sehen, die von ihrer Mission zurückkehrten. Burton bestellte eine Tasse heißen Kaffee, den er in wenigen Minuten getrunken hatte.

Das Flugzeug begann in perfekten Schüssen zu landen, mit Ausnahme eines Bombers, dessen Fahrwerk in schlechtem Zustand war, seine Nase in den Boden steckte und seine Propeller und seinen rechten Flügel brach. Abgesehen von diesem Unfall waren die Schüsse ansonsten Meister. Erleichtert konnte der Colonel feststellen, dass fast alle Geräte zurückkehrten, mehr als er eigentlich glaubte.

Major Cameron, erschöpft vom Stress der Operation, nippte an einem Cognac, während der Colonel ihn fragend ansah.

„Stimmt, Herr Oberst", sagte der Major, nachdem er den Cognac ausgetrunken hatte.

„Was du mir erzählst, ist erstaunlich.

Mit großer Aufmerksamkeit hatte der Colonel der ausführlichen Erzählung und Darlegung der Tatsachen von Major Cameron über die Begegnung mit den feindlichen Flugzeugen zugehört.

„Wie viele italienische Flugzeuge bildeten die Verteidigung?

„Zehn mehr als wir.

„Es wird darum gehen, das Oberkommando über die Geschehnisse auf dem Laufenden zu halten. Anscheinend erhalten die italienischen

Streitkräfte Informationen über unsere Bewegungen und Vertreibungen.

„Das stimmt, Herr. Ich versichere Ihnen, dass meine Überraschung keine Grenzen kannte, als ich die feindlichen Flugzeuge in einer geraden Linie über uns erscheinen sah.

„Wie viele italienische Flugzeuge konnten sie abschießen?

„Zwölf, Herr.

„Gute Nummer.

„Ja, Sir, besonders wenn man bedenkt, dass wir nur drei Flugzeuge und zwei davon Jäger verloren haben.

„Es ist ein guter Unterschied.

„Es ist ein Sieg.

„Okay, ist es. Allerdings trübt die Tatsache, dass die feindlichen Flugzeuge auf sie warteten, diesen Sieg etwas. Nicht aus aktiver Sicht im Kampf, sondern im Organisationsplan.

"Ich verstehe nicht.

„Es ist ganz einfach", stellte der Oberst klar, „ich meine, dass es unter uns jemanden gibt, der die Italiener informiert, und das ist ein Versagen der Sicherheitsabteilung.

„Ich sehe das nicht sehr machbar.

"Warum?

„Wir kennen uns sehr gut, und ich würde es wagen, für sie alle meine Hände ins Feuer zu legen ...

„Und es würde brennen", unterbrach ihn der Colonel energisch.

"Meint?

„Ich bin mir vollkommen sicher.

Für einige Augenblicke herrschte betretenes Schweigen, die beiden Männer sahen einander an und sagten nichts. Plötzlich stieß der Oberst mit einem wütenden Schlag aus:

„Ja, es würde brennen!

Major Cameron, der den Zustand des Obersten beobachtete, wagte nicht den geringsten Kommentar abzugeben.

Er schwieg, während er ganz langsam eine Zigarette rauchte, die er sich angezündet hatte.

Büro des Obersten verließ , fühlte er sich deprimiert, ohne den richtigen und genauen Grund nennen zu können. Er fiel auf sein Bett und seine Gedanken wanderten und erinnerten sich an die intensivsten Momente des Kampfes, den er vor Stunden geführt hatte. Nach und nach ließ ihn die Müdigkeit nach, die Bilder wurden wirrer, bis sie ganz verblassten und er einschlief.

Die Sonne ließ ihre Hitze spüren und fiel senkrecht auf das Flugfeld. In den Hangars war die Temperatur aufs Äußerste erstickend, der Widerhall, der vom Feld aufstieg, machte die Atmosphäre praktisch unatmbar, die zu dieser Zeit mit der vollständigsten Unbeweglichkeit ausgestattet war. Diese Sonne war wirklich in der Lage, jeden einzuschläfern. Alles wurde in einer lethargischen Niederwerfung imprägniert. Der Flugplatz wurde im Süden durch eine Straße in sehr schlechtem Zustand begrenzt, im Norden durch seine Gebäude und eine weitere Straße, im Osten endeten einige große Senken im Land und im Westen die Stadt Tobruk. Die Küstenartilleriegeschütze blickten ängstlich auf das Meer und warteten auf den feindlichen Trupp, die Stadt selbst war gut verteidigt, da alles von breiten und tiefen Gräben, Bunkern und Maschinengewehrnestern sowie einer starken Verteidigungsgarnison umgeben war .

Gegen fünf Uhr nachmittags erwachte Major Cameron aus seinem tiefen Schlaf, fühlte sich wohler und mit größerer Energie, stand auf, zündete sich eine Zigarette an und blickte durch die Fenster auf das weite Panorama des Flugplatzes. Ein schwaches Lächeln schien für einige Augenblicke auf seinem Gesicht zu erscheinen, er rückte seine Krawatte zurecht und verließ sein Zimmer. Im Offizierszimmer gab es eine große Anzahl von ihnen, die sich mit den verschiedensten Spielen vergnügten, Cameron sah die Versammelten an, als suche sie jemanden, der entschlossen war. Was er jedoch suchte, war eine ruhige Ecke. Er sah einen leeren Tisch, ging hin, setzte sich und begann in einer französischen Zeitschrift zu blättern.

An der Decke des Zimmers sammelte sich Zigarettenrauch. Die Piloten redeten und redeten nonchalant und gaben ihre Meinung zu den jüngsten Ereignissen ab. Major Cameron, der in seine Lektüre vertieft war, schien nicht zu hören, was gesagt wurde. Er stand etwa eine halbe Stunde lang da, ohne von der Zeitschrift aufzublicken. Dann legte er es hin, verschränkte die Finger und ließ sie auf seinen Beinen ruhen, legte den Kopf in den Nacken und war nachdenklich. Jemand durchbrach die Kette seiner Vorstellungskraft, indem er fragte:

„Ist sie blond?

Als der ältere Mann aufblickte, sah er seinen Freund Gordon.

„Ich verstehe nicht", stellte er klar, als käme er aus dem Halbbewusstsein.

„Ich frage Sie, ob das Mädchen, an das Sie gedacht haben, blond ist.

„Und wer hat dir gesagt, dass ich an ein Mädchen denke?

„Du musstest nur das Gesicht sehen, das du hattest.

"Und wie war es?

"Dumm.

"Vielen Dank.

„Sei nicht böse, aber ein Mann kann nur so ein Gesicht machen, wenn er an eine Frau denkt. Hättest du dich im Spiegel gesehen, hättest du dich geschämt.

„Nun, du irrst dich, ich habe an keine Frau gedacht, und außerdem glaube ich nicht, dass ich ein dummes Gesicht hatte.

Neben seinem Partner sitzend, sagte Gordon leise.

„Ich mache mir auch Sorgen. Ich denke auch, dass die Italiener Informationen von jemandem erhalten, der sich vielleicht in diesem Raum befindet.

„ Ich frage Sie noch einmal , und wer hat Ihnen gesagt, dass ich darüber nachdenke?

„Ganz einfach, der Oberst hat mir dasselbe wie Sie gesagt, was er denkt, und ich weiß, dass es Ihnen um die Worte des Obersten geht, die auch meine sind.

"Sie haben Recht.

„Und wer kann das sein?

"Ich weiß nicht.

„Es ist unangenehm.

"Ja, sehr gern", antwortete der Älteste, stand vom Stuhl auf und ließ seinen Freund allein.

KAPITEL VIII

WER WIRD ES SEIN?

Die neuen Hurricanes entwickelten sich perfekt im freien Raum über dem Tobruk-Feld. Der Test wurde von seinen Kommandanten beobachtet, die über die große Mobilität der neuen Geräte erstaunt waren. Die klaren und perfekten Silhouetten der Flugzeuge hoben sich majestätisch vom Blau des Himmels ab.

„Wunderbare Geräte", sagte der Colonel zum Sicherheitschef Major Wayne.

„ Das sind sie in der Tat .

„Wir können uns auch nicht über die Fahrer beschweren, die sie fahren. Sie alle erweisen sich als wahre Asse.

Während sie sprachen, wandte keiner der beiden Anführer die Augen von den Flugzeugen ab, die ihrem Testflug folgten und eine große Anzahl von Stunts und Stunts machten. Der Testflug dauerte fast eine halbe Stunde, danach gab Colonel Burton den Befehl zur Landung.

„Jetzt ist es in Ordnung. Sie haben schon genug geglänzt. Lassen Sie sie landen", sagte der Oberst mit einiger Strenge zu einem Leutnant, der in kurzer Entfernung von ihm war. Als der Offizier den Befehl erhielt, rannte er zum Kontrollturm, von dem aus Die Piloten wurden angewiesen, die Landung durchzuführen, und mit großer Präzision und unter mathematischer Einhaltung der Abstände näherten sich die Flugzeuge dem Boden, bis sie landeten.

„Gut!", rief der Oberst zufrieden.

Der Sicherheitschef lächelte und hörte den Gesichtsausdruck des Colonels.

„Ja, großartig.

„Nun, Wayne, komm in mein Büro. Ich möchte mit Ihnen über eine ziemlich ernste Angelegenheit sprechen.

„Nun , Herr.

Gefolgt vom Major, dem Leiter der Basis, ging er zu seinen Büros. Die kleine Gestalt des Sicherheitschefs wurde materiell von dem gewaltigen Körper seines Vorgesetzten überschattet. Mit einem etwas langsamen Schritt betrat Colonel Burton leise sein Büro. Einmal drin, machte er mit dem Kopf ein Zeichen, das dem Sicherheitschef bedeutete, sich zu setzen, und tat schweigend, was ihm gesagt wurde. Die Sonne strömte durch das Fenster herein und die Temperatur im Büro war ein wenig erstickend. Burton nahm den Telefonhörer ab und befahl ihnen, ihm ein paar Bier zu bringen. Tatsache war ein Farbton, der Major Wayne etwas aufheiterte. Er verstand sofort, dass er dieses Detail unterdrückt hätte, wenn sein Vorgesetzter ihn in sein Büro geschickt hätte, um ihn zu rügen. Plötzlich sagte Burton ohne Umschweife:

„Sie wissen wie ich, dass es unter unseren Männern einen gibt, der die Italiener informiert.

So klipp und klar wurde die Bemerkung gemacht, dass der Sicherheitschef etwas verblüfft war. Den ersten Eindruck überwindend , antwortete er knapp.

"Ja.

"Wer?

„Was würde ich lieber tun, als diese Frage ohne jegliches Zögern zu beantworten, aber das kann ich leider nicht. Es ist sehr schwierig, eine solche Anschuldigung ohne Beweise zu erheben.

Burton sah seinen Gesprächspartner mit einem gewissen erstaunten Gesichtsausdruck an. Dann sagte er im Zweifel:

„Aus Ihren Worten folgt fast, dass Sie jemanden verdächtigen.

"Mir...

In diesem Moment klopfte es an der Tür des Büros, und nachdem der Oberst die entsprechende Genehmigung erhalten hatte, betrat ein Soldat mit den bestellten Bieren den Raum. Nachdem er sie dort zurückgelassen hatte, wo der Colonel es anzeigte, zog sich der Soldat zurück.

„Was wollte er mir sagen? fragte der Oberst.

Etwas nervös sagte der Sicherheitschef:

„Wirklich alle Männer verdienen bei uns absolute Sicherheit. Wenn wir ihre Kriegsgeschichten und ihren familiären Hintergrund betrachten, sehen wir, dass sie alle großartige Krieger und Mitglieder guter Familien sind, wenn es um Patriotismus geht, aber ...

"Aber was?

„Sehen Sie, es gibt einen von ihnen, dessen Vergangenheit in einem gewissen Nebel versunken erscheint und der bekanntermaßen in der Hauptstadt Italiens studiert hat.

"Wer?

Der Sicherheitschef sah dem Oberst genau ins Gesicht und sagte:

„Major Charles Cameron.

Die Stille wurde erdrückend. Der Oberst richtete seinen Blick darauf, wer den Major erwähnt hatte. Dann drehte er sich um und sagte fast wütend:

"Unmöglich!!

„Nichts ist unmöglich, Sir.

„Wenn Sie erlauben, frage ich Sie, warum?

In einer sehr schnellen Wendung wandte sich der Oberst an die Person, die eine solche Frage formulierte. Letztere sah er einige Augenblicke grob an und erklärte dann:

„Ich kenne Major Cameron schon lange. Ich habe ihn bei vielen Gelegenheiten operieren sehen, und bei allen hat er großen Mut und einen großen Sinn für Patriotismus gezeigt. Er war bei mehreren Gelegenheiten an der Schwelle des Todes und ... Nun, das kann nicht sein.

Nervös zündete sich Burton eine Zigarette an und bot Major Wayne eine weitere an.

„Allerdings, Sir, Sie mussten meine Beobachtung berücksichtigen.

"Was bedeutet das?

Mit einem zustimmenden Nicken erklärte der Sicherheitschef:

„Alle unsere Fahrer zeigen ein großes Zusammengehörigkeitsgefühl. Jeder, vor allen, hat sein Leben und seine intimsten Handlungen und Abenteuer viele Male erklärt. Ist Ihnen aufgefallen, dass der Major nie über seine Vergangenheit spricht?

„Ihre Gründe werden haben.

„Das sage ich, seine Gründe werden . Warum verbirgt er seine Vergangenheit?

Burton schwieg, mit dem Gesichtsausdruck eines Mannes, der von einer unangenehmen Idee gequält wurde. Dann rief er aus:

„Nein, und tausendmal nein!, und verwerfen Sie diese Idee. Unser Mann muss ein anderer sein, und jetzt eine Frage. Wer auch immer es ist, wie übermittelt es die Informationen?

„Kein Problem, heute gibt es Sender in der Größe einer Keksdose. Unser Mann hat vielleicht eines dieser Geräte versteckt.

„Wenn wir das Gerät finden würden, hätten wir den Informanten.

"Sicher.

„Dann suchen Sie das Gerät! „Der Colonel hätte fast geschrien.

„Das werde ich, aber wir müssen auf einen günstigen Moment warten. Ich meine eine Zeit, in der die Piloten fliegen; alle natürlich.

„Das ist leicht zu bekommen.

"Es liegt an dir.

„Ich weiß, du musst es mir nicht sagen.

Der Sicherheitschef verstand, dass der Oberst sehr irritiert war und beschloss, seine Worte zu zügeln. Er schwieg, bis der Oberst sagte:

„Würden zwei Stunden Zeit reichen?

„Ja, Sir, eher, ich denke schon.

„Nun, dann treffen Sie Ihre Vorbereitungen.

„Welche Stunden werden das sein?

„Von sieben bis neun Uhr morgens.

"Gut.

„Jetzt kannst du dich zurückziehen.

„Danke, mein Herr.

Der Sicherheitschef erhob sich, grüßte den Oberst und verließ den Raum, indem er auf die Tür zuging.

am Horizont versank, als Colonel Burton sein Büro verließ, mit gerunzelter Stirn und fast ohne auf die Grüße seiner Untergebenen zu antworten, ging er zum Kontrollturm, von wo aus er über den Lautsprecherdienst mit ihren Piloten sprach.

KAPITEL IX

EIN TEST

Cameron verstand den Grund für diesen unerwarteten Flug nicht. Sie waren bis zu einem bestimmten Punkt auf See befohlen und dort im Kreisflug gehalten worden. Wäre ein Luftangriff zu erwarten? Triebwerke donnerten durch den Weltraum, während Flugzeuge in der Luft hüpften. Der Tag war glasklar und somit die Sicht perfekt. Durch die Fenster der Cockpits trat die Sonne in ihre aufsteigende Haltung ein und streichelte den Flieger. Das Meer erstreckte sich unter den Piloten wie ein makelloses blaues Tuch, gesprenkelt mit Lichtblitzen, ohne die geringste Spur von Leben, so weit das Auge reichte. Mit aufgesetzter Brille und lockerem Helm drehte sich Cameron um und sagte zu seinem Co-Piloten:

"Was denkst du?

„Ehrlich gesagt weiß ich nicht, wann sie uns zu etwas verlassen haben, was es sein wird. Allerdings ist alles sehr ruhig.

„Das ist, was ich sage.

„Vielleicht war es ein Fehlalarm.

„Wer weiß, wir fliegen für die angegebene Zeit und kehren dann zur Basis zurück.

"Gut.

„Übernimm die Kontrolle.

"Jawohl.

Der Kopilot gehorchte und übernahm die Steuerung des Geräts. Dann nahm der Major seinen Helm ab, öffnete das Cockpit einen Spalt und füllte seine Lungen mit der frischen Morgenluft auf achttausend Fuß über dem Meeresspiegel.

„Seit wann fliegen wir? fragte der Major.

„Eine Stunde und sieben Minuten.

„Ich möchte zurück zur Basis und eine gute Dusche nehmen. Eine Stunde unter kaltem Wasser, sehr kalt.

"Ich verstehe dich.

Eigentlich schwitzte man im Cockpit trotz aller technischen Fortschritte ordentlich. Die Hitze des Motors erhöhte die Temperatur im Inneren des Geräts bis zum Äußersten.

Während die Flugzeuge voll flogen, fand am Stützpunkt Tobruk ein seltsames Manöver statt. Der Leiter der Sicherheitsabteilung besichtigte mit einigen seiner Männer die Schlafzimmer der Piloten und durchsuchte jeden Winkel. Als sie sicherstellten, dass nichts in Sicht war, was Verdacht erregen könnte, befahl der Major, dass sie alle Taschen der Piloten durchsuchen sollten. Einer nach dem anderen wurde der Auftrag ausgeführt und ausgeführt.

„Wir haben noch eine halbe Stunde", warnte der Sicherheitschef seinen Stellvertreter, der nervös auf die Uhr schaute.

„Ich weiß, aber was ist, wenn sie früher zurückgekommen sind?
"Pech.

„Wir würden Verdacht erregen und wer auch immer es war, würde davon absehen, zu handeln und uns in die Irre zu führen.

„Mach dir keine Sorgen. Sie haben einen Befehl und werden ihn ausführen. Uns ist die halbe Stunde garantiert.

"Besser.

"Na sicher.

Der Koffer von Major Cameron war wie alle anderen offen.

"Ich bin sehr daran interessiert, diesen Koffer selbst zu überprüfen", rief der Älteste und ging auf den besagten Koffer zu, den einer seiner Männer genommen hatte.

Er stellte den Koffer auf das Bett und machte sich daran, ihn zu öffnen. Mit ängstlichem Blick betrachtete er, was sich darin befand. Mit großer Sorgfalt, ohne die Platzierungsreihenfolge zu ändern, suchte er. Plötzlich fand er einige Papiere, die am Boden des Koffers versteckt waren. Wayne ging mit den Papieren im Licht des Fensters hinüber und betrachtete sie. Er konnte sehen, dass er mit nervöser Hand ein Papier trennte, das er mit Interesse las. Einige Augenblicke blieb er stumm und regungslos. Dann rief er seinen Stellvertreter und sagte:

"Lesen Sie dies.

Der Offizier gehorchte. Dann blickte er auf, sah seinen Vorgesetzten an und nickte verstehend.

"Was denkst du?

„Interessant, Herr.

„ Ja , oft. Ich rede mit dem Colonel. Jetzt heben wir die Akte auf. Stellen Sie alles wieder an seinen Platz und raumen Sie die Schlafzimmer auf.

"Nun Herr.

„Du hast nur zehn Minuten.

"Ich weiss.

„Na schnell.

Nachdem er salutiert hatte, ging der Beamte und gab das Papier dem Sicherheitschef zurück, der es wieder an seinen Platz legte. Er schloss den Koffer und stellte ihn dorthin, wo er vorher war.

Colonel Burton starrte den Sicherheitschef an. Dieser fühlte sich vielleicht verärgert unter den neugierigen Blicken seines Vorgesetzten; Das Schweigen brechen sagte:

„Ja, Sir, vielleicht habe ich Beweise gefunden, die stark genug sind, um Ihre Zweifel an Major Cameron zu zerstreuen.

„Und was sind das für Tests?

Wayne gab sich mit einer gewissen Überlegenheit eine gewisse Bedeutung und erklärte:

„Wir haben die Suche wie gesagt durchgeführt und nichts Verdächtiges gefunden, bis ich selbst in Major Camerons Koffer ...

"Was hast du gefunden? fragte der Colonel nervös.

"Eine Richtung.

"Eine Richtung?

„Ja .

„Und was willst du mit einer einfachen Adresse beweisen?

„Es ist so, dass diese Richtung nicht so einfach ist.

"Durch...?

„Sehen Sie, die Adresse lautet wie folgt, Gustavo Papinni , Dunaci , Pantelleria.

Die Worte des Sicherheitschefs schienen keine Wirkung auf den Oberst zu haben, der sich ruhig hinsetzte und sich eine Zigarette anzündete:

„Mit dieser Adresse ist nichts bewiesen.

„Etwas wenn.

„Und was ist das für etwas?

„Dass Major Cameron inoffiziellen Kontakt mit der Insel Pantelleria hat.

„Das beweist seine Schuld nicht. Es gibt nichts, was Sie davon abhält, eine Freundschaft in Pantelleria zu haben.

Etwas aus der Fassung gebracht von den ständigen Zurückweisungen des Colonels verstummte der Sicherheitschef. Dann stand er auf und sagte:

„Es hat mir einfach nicht gefallen. Ich bin mir ziemlich sicher, dass etwas hinter dem Major steckt.

„Du kannst denken, was du willst, aber ich brauche Beweise, verstehst du? Ich brauche Beweise und Überzeugungsarbeit, keine Vermutungen oder Geschwafel. Prüfungen, Prüfungen.

Der Oberst war offenbar in einem Zustand großer Gereiztheit und ging mit den Händen auf dem Rücken von einer Seite des Zimmers zur anderen.

„In zwei Tagen werden wir der Insel einen weiteren Besuch abstatten; ein neues Bombardement. Ich hoffe, Sie können mir bis dahin sagen, wer schuld ist.

"Ich werde es versuchen.

„Ich weiß, dass es keine leichte Aufgabe ist, aber sie muss erfüllt werden.

"Nun Herr.

„Jetzt zieh dich zurück und vergiss die Adresse, verstanden?

„Ja , Herr.

KAPITEL X

ZWEIFEL

Nach der durch den Befehl angegebenen Zeit kehrten die Geräte zur Basis zurück. Während des zweistündigen Fluges war nicht die geringste Anomalie festgestellt worden, sodass die Flugzeuge genau so zurückkehrten, wie sie gestartet waren. Der Flug war ruhig und ruhig verlaufen, etwas, das diesen Männern, die daran gewöhnt waren, bei jedem Start dem Tod ins Auge zu sehen, fast unbekannt war. In perfekter Formation kamen die Flugzeuge mit brüllenden Triebwerken über den Flugplatz. Während sie weite Kreise beschrieb , begannen sie an Höhe zu verlieren und bereiteten sich auf die Landung vor. Eines nach dem anderen landeten die Geräte mit reichlich Meisterschaft und rannten über das Feld in Richtung der Hangars. Eine Viertelstunde später lagen bereits alle Flugzeuge mit gedämpften Triebwerken auf dem Rasen des Feldes. Die Piloten stiegen von ihren Geräten ab, um ihre Flugausrüstung abzulegen, was überwältigend und unbequem war. Major Cameron ging in Begleitung seines Copiloten los, um die „Nuss", wie er es nannte, aufzufrischen.

Fast in einem Zug trank er das schaumige Bierglas aus, das vor ihm gestanden hatte. Nachdem er es ein paar Sekunden lang genossen hatte, kommentierte Cameron.

"Es ist lecker.

„Ja, erst recht nach einem langweiligen zweistündigen Flug.

Camerons Co-Pilot leerte wie Cameron sein Bierglas in einem Schluck.

Als der Älteste sich auf sein Bett legte, fühlte er sich unruhig, unruhig. Eine halbe Stunde lag er da, ohne sich beruhigen zu können. Da lag etwas Unangenehmes in der Luft, das er nicht genau definieren konnte. Plötzlich klopfte es an der Tür, und ein Soldat kam herein und teilte dem Major mit, dass der Oberst in seinem Büro auf ihn warte.

Cameron war nicht überrascht. Ich habe unbewusst auf diesen Anruf gewartet. Langsam stand er vom Bett auf, knöpfte seine Jacke zu und verließ sein Zimmer, um in das Büro seines Vorgesetzten zu gehen.

Der Oberst war freundlich, vielleicht mehr denn je, obwohl er den Major immer sehr geschätzt hatte.

„Setz dich, setz dich ...

"Vielen Dank.

Der Colonel bot dem Major eine Zigarette an und zündete sich eine weitere an.

„Ist der Flug einfach?

„Ja sehr.

"Ich dachte.

"Ich auch.

Die Antwort des Majors überraschte den Colonel, der unverblümt fragte:

„Warum habe ich angenommen?

„Also, ehrlich gesagt, ich weiß es nicht, aber von dem Moment an, als ich abhob, hatte ich die feste Vorstellung, dass es nur ein Spaziergang werden würde.

"Das ist lustig.

"Vielleicht.

Kurzerhand fragte der Oberst:

„Kennen Sie die Insel Pantelleria?

Ohne die geringste Überraschung zu zeigen, beantwortete der Major die Frage kühl mit folgenden Worten:

„Ja, ich war vor ein paar Jahren dabei.

"Interessant?

„Ich erinnere mich an vieles von ihr. Es ist eine Insel, die Ruhe ausstrahlt. Seine Bewohner sind friedliche Menschen.

Lachend kommentierte der Colonel.

„Jetzt wird es nicht mehr sein.

„Natürlich. Alles hat sich geändert.

Die beiden Soldaten saßen sich gegenüber und unterhielten sich noch lange, fast ohne Formalitäten oder Regeln, eher wie alte Kameraden.

„Nun, Major, nach dem, was Sie mir erzählt haben, muss diese Insel in Friedenszeiten ein wahres Paradies gewesen sein.

„Ja, das versichere ich Ihnen. Es war.

„War er lang?

"2 Jahre.

„Er muss es von Ende zu Ende durchgemacht haben, richtig?

„Ja, die Insel hatte wirklich keinen Zentimeter Land, den ich nicht betreten hätte.

Nach einer Zigarette rauchten sie noch eine und noch eine. Im Büro des Obersten hatte sich eine dicke Rauchwolke gebildet. Die Sonne versank schon fast am Horizont, als der Oberst auf seine Uhr sah und sagte:

„Mensch, wie spät es geworden ist.

„Das stimmt", erwiderte der Älteste, der plötzlich merkte, dass die Sonne im Sterben lag.

„An einem anderen Tag wird er mir weiter von den Wundern dieser Insel erzählen.

"Gerne.

„Vielleicht machen wir einen kleinen Ausflug für sie, wenn der Krieg vorbei ist.

Der Oberst klopfte dem Major auf den Rücken, stand auf, ging zu einem Schrank und holte eine Flasche Cognac heraus. Er schenkte zwei kleine Gläser ein und stellte Cameron eines davon hin und sagte:

„Lasst uns auf den Erfolg unseres Unternehmens anstoßen.

"Vielen Dank.

„Das ist guter Cognac.

Der Major trank den letzten Tropfen Alkohol aus und sagte:

„Du hast recht, es ist exquisit.

„Ist es, willst du noch eins?

"Nein Danke.

„Okay, gehen wir nach draußen.

Die Abendluft hatte die Luft etwas abgekühlt, sodass es draußen eigentlich schön war.

Als sich der Major vom Oberst trennte, wunderte er sich über die vielleicht übertriebene Freundlichkeit seines Vorgesetzten. Die Nacht war klar und mir war nicht nach Schlafen zumute. Cameron ging lange zwischen den Hangars und anderen Nebengebäuden auf dem Feld umher. Dann, ziemlich spät in der Nacht, beschloss er müde, sich zurückzuziehen.

Colonel Burton starrte mit schiefgelegtem Kopf den Sicherheitschef an, der etwas bestürzt zu sein schien. Burton sagte mit etwas rauer Stimme:

„Ich kann Ihnen die völlige Unschuld von Major Cameron versichern.

"Mir...

Ohne ihm Zeit zum Reden zu geben, unterbrach der Oberst den Major.

„Ja, ja, du hast geglaubt, aber es ist nicht wahr. Für den Ältesten würde ich meine Hände ins Feuer legen.

„Es besteht kein Grund zur Eile. Die Leute wissen, wie man lügt, haben Sie das vergessen, Sir?

Die Frage des Sicherheitschefs ließ das Gesicht des Obersten verärgert verziehen.

„Sind Sie entschlossen, dass ...?

„Es ist nicht so, dass ich an irgendetwas festhalte. Für mich ist aufgrund der Position, die ich innehabe, jeder ein Verdächtiger, bis das Gegenteil bewiesen ist.

"Ich verstehe.

„Deshalb vermute und vermute ich.

"Es ist verständlich.

„Geben Sie mir einen Freibrief zum Handeln?

„Ja, solange ich die Jagd nicht übernehme.

"Mach dir keine Sorgen.

Beide Soldaten sahen sich schweigend an. Der Sicherheitschef wollte gehen und sagte:

„Ich werde Sie über alle meine Anfragen auf dem Laufenden halten.

„Das ist deine Pflicht.

Als der Sicherheitschef das Büro verlassen hatte, nahm der Oberst einen dicken Wälzer mit roten Einbänden und setzte sich auf einen Korbstuhl, um zu lesen.

KAPITEL XI

EIN TEST

An der Basis herrschte eine gewisse Nervosität. Es war mit Sicherheit bekannt, dass Colonel Burton an diesem Morgen vom Brigadegeneral vorgeladen worden war. Dies deutete auf ein wichtiges Ereignis hin. Der Colonel war um acht Uhr morgens gegangen, und um halb elf war er immer noch nicht zurückgekehrt. Die Minuten vergingen noch langsamer, während alle gespannt auf die Ankunft des Obersten warteten, um zu erfahren, was vor sich ging.

Gegen halb eins geschah das Erwartete. Der Wagen des Obersten kam auf der staubigen Landstraße an, gefolgt von einer üppigen Staubwolke, die aufstieg, als der Wagen vorbeifuhr. Das Fahrzeug hielt vor den Büros, und der Oberst stieg in aller Ruhe aus. Diejenigen, die in der Nähe waren, waren enttäuscht, als sie feststellten, dass das Gesicht des Obersten nicht den geringsten Ausdruck widerspiegelte, der sie hätte leiten können. Nachdem sich der Leiter der Basis mit einer gewissen Unmutsgeste abgestaubt hatte, betrat er sein Büro, schloss sich darin ein und blieb eine halbe Stunde drinnen, ohne das geringste Lebenszeichen von sich zu geben. Eine Sache, die die Nervosität der Männer, die unter seinem Kommando standen, noch steigerte.

Nach dem Essen wollte der Major gerade Kaffee an der Bar trinken, als man ihm sagte, er solle sich im Büro des Obersten melden.

Burton, die Hände auf dem Bauch verschränkt, sprach sehr langsam, als wollte er die Wirkung seiner Worte auf den älteren Mann beobachten, der aufmerksam zuhörte, was ihm erklärt wurde.

„Das sind die Befehle, die ich direkt vom General erhalten habe. Ich weiß, dass die Mission äußerst riskant ist, aber um sie auszuführen, ist ein Mann wie Sie mit Ihren militärischen Fähigkeiten und Ihrem Patriotismus notwendig.

„Danke, mein Herr.

„Du musst sie mir nicht geben.

Cameron lächelte und sagte:

„Dein Vertrauen in mich schmeichelt mir.

„Sie werden in einem dieser neueren Hurricanes fliegen, die sie uns geschickt haben. Sie bieten mehr Sicherheit als die anderen Geräte, die wir haben, finden Sie nicht?

"Ja.

„Nun, wie ich Ihnen schon sagte, die Fotos, die Sie machen müssen, müssen von den Militärbasen sein, von der Insel Pantelleria, so nah wie möglich an ihnen und so gut wie möglich. Er wird alleine fliegen, das wird ihn von Verantwortung befreien.

"Sicher.

Burton breitete einen Plan der Insel auf dem Tisch aus und sagte, indem er auf verschiedene Punkte zeigte:

„Hier befinden sich die Kriegsbasen, die die Verteidigung der Insel ausmachen, Sie müssen dieses Gelände kennen, richtig?

"Ja ich kenne ihn.

„Das ist ein großes Plus für Sie.

Major Cameron nickte und fragte:

„Wann muss ich los?

„Um vier. Es sieht gut aus?

„Ja, perfekt, auch heute ist ein sehr klarer Tag, also haben die Fotos viel Vieh.

Burton hörte den Worten des Majors selbstzufrieden zu.

„Haben Sie einen Vorschlag?“, fragte der Colonel.

Cameron schwieg, dann schüttelte er verneinend den Kopf.

„In diesem Fall können Sie mit den Vorbereitungen für den Flug beginnen.

"Gut.

Als Cameron gehen wollte, unterbrach ihn der Colonel.

„Eines habe ich vergessen.

"Hallo Herr.

„Niemand , absolut niemand, sollte den Grund Ihrer Flucht und Ihr Ziel kennen.

"Gut.

„Es ist äußerst wichtig, dass Sie nichts sagen.

Während er eine Geste des Verständnisses machte, antwortete Cameron:

"In Übereinstimmung.

Durch die Fensterscheiben sah der Oberst den Major davongehen. Als er um eine Ecke verschwunden war, ging er zum Telefon, nahm den Hörer ab und sagte:

„Major Wayne kommen lassen" und dann legte er wieder auf.

Wenige Minuten später betrat die unbedeutende Gestalt des Majors das Büro.

In wenigen Worten erklärte Colonel Burton dem Chef des Sicherheitsdienstes, dass er Major Cameron mit einer Sondermission betraut hatte. Es schien Wayne schlecht zu sitzen, denn er stieg wie eine Quelle von dort aus, wo er saß, und sagte:

„Aber wie wurde dem Major eine so heikle Mission anvertraut, wenn Zweifel auf ihm ruhen, dass er ein möglicher feindlicher Denunziant ist?

Ohne im geringsten gestört zu sein, sagte Colonel Burton:

„Ich sage Ihnen immer wieder, dass der Major mein ganzes Vertrauen verdient, aber beachten Sie eines, bei diesem Flug riskieren Sie nicht wirklich etwas, mehr als ein paar Fotos, die ein anderer guter Pilot wieder machen könnte, und wenn er wirklich ein Feind wäre Informant, wir bieten Ihnen die Möglichkeit, bei Ihnen zu bleiben.

Die Worte des Obersten schienen den Chef des Sicherheitsdienstes zu beruhigen.

„Wenn er nicht zurückkommt , werden wir ihn los, und Sie, Sir, werden sehr enttäuscht sein.

„Wenn er nicht zurückkäme, wäre es so, aber der Major wird zurückkommen.

"So Gott will.

Einen Moment lang herrschte Stille, aber plötzlich sagte Colonel Burton:

„Er wird mit einem der neuesten Modellgeräte, die wir erhalten haben, und mit einem perfektionierten Fotografenteam gehen, um seine Mission mit dem besten Material, das wir haben, zu erfüllen.

Mit einem leicht unangenehmen Singsang des Zweifels kommentierte Wayne:

„Gut, gut, wir werden sehen, was passiert.

„Beharren Sie darauf …?

„Nein, ich habe Ihnen bereits gesagt, dass ich mich zu nichts verpflichtet habe, mein Herr, nur dass ich jedem misstraue.

Lange setzten die beiden Männer das Gespräch fort, mit etwas nervöser Anspannung auf beiden Seiten.

Die Sonne brannte auf den Flugplatz, über dem eine erstickende Ruhe herrschte, Schichten überhitzter Luft, die vom Boden aufstiegen und denen manchmal den Atem zu rauben schienen, die das Pech hatten, in eine dieser Schichten verwickelt zu sein. Die vorherrschende Hitze war so groß, dass die Benzinfässer für die Flugzeuge in behelfsmäßige Keller gebracht oder halbstündlich durch Wasserduschen vor der Hitze geschützt werden mussten. Die Männer der Hilfsdienste des Feldes gingen von einem Ort zum anderen und trugen Shorts und ein Feldhemd als einzige Kleidung, die meisten von ihnen hatten ihre Stiefel durch Sandalen ersetzt. Als die leichte Brise vom Meer auf das Feld wehte, sank die Temperatur erheblich und wurde sogar angenehm, aber an Tagen wie diesen, wenn nicht der geringste Luftzug wehte, war die Hitze wirklich unerträglich. Inmitten dieser Verschwendung von Licht und Hitze wurde Major Camerons Flug vorbereitet. Das Gerät wurde sorgfältig überprüft und unter der Aufsicht von Cameron selbst wurden die Kameras angebracht.

KAPITEL XII

WAS WIRD PASSIEREN?

Während der Motor warmlief, beobachtete Cameron den klaren Himmel, an dem nicht die geringste Spur von Wolken zu sehen war. Die Sonnenstrahlen durchdrangen die saubere Atmosphäre ohne jegliche Schwierigkeit. Die Propeller des Geräts sangen ihr Lied der Stärke und das Gerät, das auf seinem Fahrwerk ruhte, zitterte leicht und wartete auf den Moment, um auf der Suche nach den Räumen aufzusteigen. Major Cameron stieg in das Flugzeug, schnallte sich an, schloss das Cockpit und nachdem er seinen Flughelm aufgesetzt hatte, bereitete er sich auf den Start vor. Mit seinen Händen machte er das Zeichen „Out Chocks" und die Assistenten verließen das Flugzeug in einer Position, um das Rennen zu starten. Mit ruhiger Hand und mathematischer Präzision gab Cameron dem Motor Gas, der hektischer zu brüllen begann, das Gerät begann sich über den Boden zu bewegen. Nach und nach gewann er das Rennen und stand vom Schwanz auf. Der Drehzahlmesser zeigte an, wie viele sie brauchten, um ohne Angst vorm Abwürgen abheben zu können. Ein Ruck am Kontrollposten versetzt das Gerät in einen schwindelerregenden Aufstieg. Wie ein Vogel bewegte es sich mit großer Gelassenheit und Eleganz der Bewegung im Raum fort. Der automatische Kompensator, der dafür verantwortlich ist, das Gerät in perfekter Flugposition zu halten, funktionierte wunderbar. Das Flugzeug, ohne die geringste Nick- oder Rollbewegung zu machen, wurde in dem unermesslichen Blau immer kleiner.

Der Kontrollturm teilte dem Major die Wetterbedingungen entlang der Route mit, die er zurücklegen musste. Ihm mitteilen, dass dies für den Flug auf der gesamten Strecke perfekt sei.

Etwa zehn Minuten nachdem der Major abgehauen war, betrat er das Büro von Colonel Burton, dem Chef des Sicherheitsdienstes. sagte der Colonel als einzelne und kurze Begrüßung.

„Das ist es.

"Ja das ist es. Jetzt müssen wir nur noch warten.

"Das ist es.

Beide zündeten sich eine Zigarette an und setzten sich in ihre jeweiligen Korbsessel. Burton knöpfte seine Tunika ein wenig auf, um weniger unter den Strapazen der Zeit zu leiden. Wenn man das Gesicht des Obersten betrachtete, konnte man darin einen gewissen und schwachen Ausdruck des Unbehagens erkennen, fein eingefangen vom Sicherheitschef, der sich jeder Bemerkung enthielt. Burton sah auf seine Uhr und warf den Kopf in den Nacken und schien einschlafen zu wollen. In Wahrheit aber wollte sie in diesen nervösen Momenten nur vermeiden, mit Wayne zu reden. Das Dröhnen des Triebwerks des von Cameron gesteuerten Flugzeugs schien immer noch im Weltraum zu hören. Er war jedoch bereits am Horizont verloren und ließ ihn mit nichts als der Angst vor seiner Rückkehr zurück.

Die Offiziere und anderen Piloten der Basis waren etwas überrascht von diesem Flug des Majors. Alle hatten versucht, die Ursache dafür herauszufinden, ohne die geringsten Einzelheiten darüber zu erfahren. Fragen und falsche Antworten verbreiteten sich mit der Geschwindigkeit eines Lauffeuers von Mund zu Mund. Niemand wusste etwas Genaues und die Vermutungen und Behauptungen widersprachen sich derart, dass ein wahres Gedankenlabyrinth entstand. Flieger lungerten um den Kommandoturm herum und warteten darauf, dass er etwas herausfand. Aber die Diener dieser Abhängigkeit, die auf Befehl des Colonels völlig ohne Kontakt zur Außenwelt waren, konnten nicht im Geringsten etwas über Major Cameron aussagen. Von Zeit zu Zeit kontaktierte der Oberst den Tower telefonisch und bat eifrig um Informationen über das fliegende Flugzeug.

„Der Flug geht normal weiter", sagte der Oberst nach jeder erhaltenen Information zu seinem Kollegen.

„Gut", antwortete Wayne gerade.

„Innerhalb weniger Minuten sind Sie auf der Insel angekommen und haben die Fotos gemacht. Innerhalb einer Stunde werden wir also wissen, was wir von ihm zu erwarten haben.

„Für Sie möchte ich mehr als alles andere, dass der Älteste zurückkommt und uns seine Unschuld zeigt.

Die Minuten schienen in diesem qualvollen Warten zu Jahrhunderten zu werden. Colonel Burton tat nichts, um seine Nervosität zu verbergen. Er war aufgestanden und ging im Zimmer auf und ab, wobei er jedes Mal, wenn er an den Rand des Zimmers kam, große Schritte machte und sich schnell umdrehte. Die leicht geneigte Sonne drang durch die Fenster und durchflutete den Raum mit Licht, wo der Rauch der Zigaretten eine dicke Wolke bildete. Die immer voller werdenden Aschenbecher zeigten die vorherrschende Nervosität. Die beiden Männer sahen in unregelmäßigen Abständen auf ihre jeweilige Uhr.

„Wir werden bald Neuigkeiten haben", rief Burton aus.

„Ja, eigentlich ist wenig übrig geblieben, als dass die genaue Zeit verstrichen wäre.

Der Colonel setzte sich wieder und sagte:

„Obwohl ich Vertrauen in den Senior habe, kann ich nicht leugnen, dass ich nervös bin.

„Es ist natürlich, der Test ist zu definieren und aus diesem Grund ist seine Nervosität verständlich.

Colonel Burton zündete sich eine neue Zigarette an und fragte mit einem gewissen Sarkasmus:

„Wenn der Älteste zurückkehrt, auf wen wird sein Verdacht fallen?

Die Frage, die Major Wayne gestellt wurde, ließ ihn etwas überrascht zurück, aber als er reagierte, antwortete er:

„Besonders niemand. Ich bin ein bisschen verwirrt, ich gebe es zu, aber im Allgemeinen über all die Piloten und das Bodenpersonal.

„Es wird notwendig sein, eine Auswahl zu treffen.

"Na sicher.

„Wer wird der Älteste sein?

„ Wenn er zurückkommt, wird er natürlich in der ‚nicht verdächtigen' Auswahl sein.

„Nun, jetzt kannst du ihn an die Spitze setzen.

„Er ist noch nicht zurückgekommen.

„Aber es wird nicht lange dauern, bis wir von seiner Rückkehr hören.

„Nun denn, aber jetzt ...

Burton unterbrach den Sicherheitschef mit der Frage:

„Alles in allem haben Sie also keine weiteren Verdächtigen?

"Nö.

„Und was hast du vor? Wenn die Italiener uns weiterhin mit ihren Aktionen zeigen, dass sie den Tag und die Uhrzeit kennen, an dem wir sie angreifen werden.

Wayne schwieg, als würde er über die Antwort nachdenken, obwohl Burton genau wusste, dass der Militärmann nicht wusste, was er antworten sollte. Der Oberst fragte mit einer gewissen Ironie:

„Du suchst weiter, oder?

"Na sicher.

„Das ist seine Mission, aber die beschränkt sich nicht nur auf das Suchen, er muss auch finden.

Major Wayne begann sich über die Worte seines Vorgesetzten zu ärgern und beschloss, seine Ironie resigniert zu ertragen. Die Minuten vergingen langsam, und es war ungefähr vierzehn gewesen, seit es Neuigkeiten über den Major gegeben hatte. Burtons Nervosität nahm zu.

„In ein paar Minuten sollte ich hier sein, richtig? fragte Wayne.

"Ja.

„Und es gibt vorerst keine Nachricht von seiner Rückkehr, es ist etwas Seltsames.

„Eine Verzögerung kann durch alles verursacht werden.

„Es ist auch wahr, aber warum kommunizierst du es nicht?

"Er wird es wissen.

Die Zeiger der Uhr gingen gleichgültig weiter und zeigten Minute für Minute die verstrichene Zeit an.

KAPITEL XIII

DER FLUG

Als Cameron vom Tobruk-Feld abhob, wurde ihm klar, dass die ihm übertragene Mission schwer zu erfüllen war. Die Tatsache, die feindlichen Stützpunkte ohne jegliche Eskorte in voller Sonne fotografieren zu müssen, war zu exponiert. Die Erfolgsaussichten waren äußerst begrenzt. Der erteilte Auftrag musste jedoch ausgeführt werden. Das Gerät flog unter hervorragenden Bedingungen und der Motor reagierte perfekt auf die Bedürfnisse des Fluges. Im Cockpit der Hurricane dachte der Major, dass er vielleicht nicht zur Basis zurückkehren würde. Für einige Augenblicke war er sich dessen absolut sicher. Mit großer Willenskraft schob er die makabren Ideen, die ihn befielen, beiseite. Er war ein guter Pilot und hatte nichts zu befürchten. Die Anzeigegeräte auf dem Armaturenbrett machten den Major auf die Situation und die technischen Bedingungen aufmerksam, unter denen er die Überfahrt machte. Bei 8.000 Fuß geriet das Flugzeug in einen starken Aufwind, wodurch es an Geschwindigkeit gewann. Unter dem Flugzeug erstreckte sich in vollkommener Ruhe das blaue Blatt des Meeres, auf dem absolut nichts auffiel. Die Propeller des Flugzeugs pfiffen, als sie die unterstützende Luft abschnitten, und das Flugzeug bewegte sich mit hoher Geschwindigkeit hindurch.

Pantelleria war noch weit im Norden, als Cameron in etwa fünfhundert Metern Entfernung ein italienisches Flugzeug darüber hinwegfliegen sah. Anscheinend hatte der italienische Pilot die Anwesenheit des britischen Flugzeugs nicht bemerkt, also setzte er den Flug darüber fort, ohne es zu beachten. Cameron zögerte einige Augenblicke, ihn anzugreifen. Möglich, dass der Italiener ihn tatsächlich gesehen hatte, sich aber nicht traute, ihn anzugreifen. In diesem Fall hätte er mit der Pantelleria-Basis kommuniziert, und sie würden herauskommen, um ihn zu treffen. Vielleicht hatte sie ihn nicht gesehen? Cameron beschloss, ihn nicht zu drängen. Der italienische Apparat entfernte sich, da das größte Schneidgas absichtlich an Geschwindigkeit verlor. Die Silhouette des italienischen Flugzeugs zeichnete sich in der Ferne ab, Cameron gewann an Höhe und korrigierte den Flug, da er durch den von Osten aufgekommenen Wind in einen sehr starken Abdriftwinkel geraten war.

Pantelleria erschien in der Ferne wie ein großer Wal, der im Wasser trieb. Kühn, ohne nachzudenken, denn das war unmöglich, steuerte Cameron sein Fluggerät in einer geraden Linie auf die Insel zu, ohne einen zaghaften Höhenflug zu machen. Es kam der Insel immer näher, die mit abnehmender Entfernung immer größer wurde. Die Konturen der Insel erschienen sauber. Bisher hatte es keine Anzeichen von Aggression gegeben. Nachdem Cameron die Kameras überprüft hatte, bereitete er sich darauf vor, sich auf die Insel zu begeben. Cameron flog über die Basis, die von Colonel Burton als von größtem Interesse gekennzeichnet wurde, und tauchte hinein. Als er die Höhe erreicht hatte, die er für sicher hielt, drückte er die automatischen Auslöser der Kameras und flog dann los, zufrieden mit diesem ersten Durchgang. Im Kreis steuerte der Major auf den Ort zu, an dem sich die Küstenverteidigung befand. Als er auf sie zusteuerte, begannen die Flugabwehrkanonen der Insel auf ihn zu feuern. Die Explosionswolken der Flugabwehrgranaten umgaben das britische Flugzeug und trafen das Ziel noch nicht. Mit Überraschung stellte der Major fest, dass die Italiener ihre Flugzeuge nicht auf ihn abfeuerten, sondern sich darauf beschränkten, vom Boden aus zu schießen, was dem Major natürlich gefiel. Um die Wirksamkeit der Verteidigungsteile so weit wie möglich zu vermeiden, ließ Cameron sich fast auf den Boden sinken und verwirrte dadurch die Kanoniere der Teile. Auf dem Militärkai zeigte Cameron seine Meisterschaft als Pilot, der aus nächster Nähe über den Kais fotografierte. Anschließend gewann er wieder an Höhe und steuerte die Stützpunkte im Inneren der Insel an. Das Feuer der Verteidigung verstärkte sich etwas, als er eintrat. Die in den Bergen befindlichen Geschütze feuerten unaufhörlich auf ihn. Nach etwa vier Minuten Flug erreichte er sein Ziel, wo er die Artillerie mit großer Gefahr überlistete und die Operation mit großem Geschick durchführte.

Der schwierige Teil war bereits erledigt. Er wollte gerade nach Tobruk zurückkehren, nachdem er die letzten Fotos gemacht, auf das Seitenruder getreten und den Flug korrigiert hatte, als plötzlich wie wahre Geister fünf italienische Jagdflugzeuge vor Cameron auftauchten. Der Älteste verstand, dass seine einzige Rettung darin bestand, Platz für sie zu gewinnen, aber die feindlichen Flugzeuge näherten sich mit großer Geschwindigkeit und erreichten ihn. Der Kampf würde sehr ungleich sein. Zahlenmäßig gehörte der Sieg sicherlich den Italienern. In einem geschickten und überraschenden Manöver tauchte der Größte unter seinen Feinden hindurch und stellte sich hinter ihren Rücken. Ehe sie sich versahen, stürmte Cameron auf sie zu und feuerte mit seinen Maschinengewehren. Die ersten Salven verfehlten das Ziel, die Projektile gingen in der Luft verloren und fielen dann auf den Boden von Pantelleria. Die Italiener, verärgert über den Spott des britischen Apparats, warfen sich fast gleichzeitig auf Cameron. Dieser ließ sich auf der linken Tragfläche ausrutschen und verließ so den Feuerkreis, den die Maschinengewehre der fünf Flugzeuge bildeten. Nach Vollgas stieg es in einem steilen Winkel und prallte gegen das Heck eines feindlichen Jägers. Der Major drückte auf die Abzüge der Maschinengewehre, und sie begannen ihr stotterndes Lied. Die Granaten trafen das Ziel. Das Heck des feindlichen Flugzeugs wurde materiell zerstört. Ohne Flugkontrolle geriet das italienische Flugzeug ins Trudeln und stürzte Minuten später ab.

Die verbleibenden vier Flugzeuge, die von der Geschicklichkeit dieses einsamen Mannes, der ihnen so tapfer ein Gesicht präsentierte, von Selbstachtung erfüllt waren, warfen sich mit verzweifelter Hingabe auf die Hurricane. Die Bodentruppen hatten aufgehört zu feuern, sodass die vier Flugzeuge den Feind abschießen konnten. Müdigkeit gab den älteren Cameron auf, der heldenhaft gegen seine vier Feinde kämpfte. Die italienischen Flugzeuge in Schach zu halten, war eine sehr schwierige Aufgabe. Das große Geschick und die Erfahrung des Engländers schafften es jedoch, feindliche Flugzeuge fürchten zu lassen, sich ihm zu nähern.

Qual erfüllte den Verstand des älteren Mannes. Seine Gelassenheit und Geschicklichkeit machten ihm klar, dass er unweigerlich verloren war. Die Geräte belagerten ihn bis zur Verzweiflung. So sehr sich der Älteste auch anstrengte, er konnte sie nicht loswerden. Der etwas geschicktere Hurricane in der Bewegung war der einzige Vorteil, den der Älteste gegenüber seinen Feinden hatte. Die zahlenmäßige Überlegenheit war jedoch ein sehr deutlicher Vorteil gegenüber dem größten, und dieser Vorteil wurde offenbart.

Das Wasser des Meeres umspülte geduldig die Küsten der Insel. Der Himmel war wieder ruhig, während auf der welligen Wasseroberfläche die Überreste eines Flugzeugs trieben. Auf einem Stück des Rumpfes war die Markierung der britischen Luftfahrt deutlich zu erkennen. Die Dämmerungslichter tauchten die Räume und färbten alles in leuchtende Farben. Stille trat ein und nahm nur das Rauschen wahr, das das Wasser in dem kontinuierlichen und monotonen Brechen an der Küste erzeugte. Lärm immer gleich, aber immer anders. Nach und nach begannen die Hunderte von Sternen, die auf wundersame Weise darin schweben, in der Unendlichkeit des Himmelsgewölbes zu flackern, als Beweis für die Bedeutungslosigkeit der Existenz des Menschen. Nun die weise Natur als letzte Trauer auferlegt, die Stille des Sternenhaften und die Schönheit des Unbegreiflichen. Das Gebrüll der Kanonen hatte aufgehört, als ob sie sich schämen würden, und die stählernen Vögel hatten ihren künstlichen Flug eingestellt, als fürchteten sie, die Wut des Schöpfers zu entfesseln. Das Falsche, das unter den Auswirkungen des Natürlichen, des Bösen oder des Kampfes erlag, war nicht in der Lage, die Schönheit des Sonnenuntergangs zu zerstören, wo der Tag stirbt oder die Nacht mit ihrer schallenden Stille geboren wird, die von Geheimnis und Schönheit bevölkert ist. Die Lichter der Räume leuchteten dort oben und richteten die Männer, die vielleicht mit despotischer Bosheit neidisch auf das blickten, was sie nie verstehen würden. Wo noch Minuten zuvor ein Kampf bis zum Tod zwischen Menschen stattgefunden hatte, herrschte jetzt Frieden, und auf dem Grund der Wasser der Meere waren die letzten Beweise dessen, was die Menschen "die Kunst des Krieges" nennen.

KAPITEL XIV

SATZ

Die Bürouhr zeigte sieben Uhr abends. Sein Tick-Tack mit unerschrockenem Marsch markierte die Zeit, die verging. Colonel Burton, sein Gesicht schweißnass und sichtlich bleich, trommelte mit den Fingerspitzen auf den Schreibtisch in seinem Büro. Vor ihm stand der Chef des Sicherheitsdienstes, der seinen Vorgesetzten schweigend ansah.

"Angesichts der Tatsachen muss ich mich ergeben", kommentierte der Oberst.

„Mein Verdacht war nicht unbegründet. Der Major ist nicht zurückgekehrt: Er ist mit seiner Familie in Pantelleria geblieben.

„Es ist möglich, dass es abgeschossen wurde.

„Er hätte uns per Funk mitgeteilt, dass er im Kampf war.

"Wer weiß!

Die beiden Soldaten schwiegen lange, jeder in seine Gedanken und Gedanken versunken. Colonel Burton war wirklich verblüfft. Es war ihm unmöglich, dass der Major irgendetwas mit den feindlichen Streitkräften zu tun hatte. Selbst wenn man die Tatsache überprüfte, dass Cameron nicht von seiner Mission zurückgekehrt war, war es schwer zu glauben, dass er bei den Italienern geblieben war. Kurz vor acht Uhr nachts meldete der Leiter der Hilfsdienste die völlige Ineffizienz der Funksuche, weil sie sich trotz aller Bemühungen nicht mit dem Flugzeug des Landsmanns verständigen konnten.

„Du gewinnst das Spiel für den Moment.

Der Sicherheitschef antwortete zufrieden:

"Es tut mir leid für dich.

"Was macht das für einen Unterschied. Die Realität setzt sich immer durch.

"Das ist richtig.

„Und bei dieser Gelegenheit war die Realität für andere erdrückend, ich hatte volles Vertrauen in den Major.

„Du kannst niemandem offen vertrauen. Die Erfahrung beweist es.

„Diesmal ja.

„Was haben Sie vor?" fragte der Sicherheitschef.

„Ich nichts. Sie werden anwesend sein und den notwendigen Papierkram erledigen, um dieser Angelegenheit ein Ende zu bereiten.

"Jawohl.

"Aber...

„Aber was, Herr? ", fragte der Ältere.

„Was wäre, wenn sie es abgeschossen hätten?

„Wenn ja, werden wir es herausfinden.

„Nun, lass drei Tage vergehen, bevor du etwas unternimmst.

„Wie Sie bestellen.

„Ja, es ist besser. Lassen wir einen Zeitspielraum. Wir wollen nicht zu viel rennen und fangen unsere Finger.

Der Sicherheitschef lächelte schief, als er sagte:

„Du befiehlst.

Burton, der seine Tunika zuknöpfte, wollte das Büro verlassen, also trat der Sicherheitschef zur Seite, um seinem Vorgesetzten einen freien Pass zu geben.

"Vielen Dank.

Der Oberst, fast ohne sich nach dem Major umzudrehen, verabschiedete sich von ihm und sagte:

"Wir sehen uns morgen, gute Nacht.

Der Sicherheitschef grüßte seinen Vorgesetzten militärisch, doch dieser ging bereits mit schnellen und entschlossenen Schritten davon.

Burton konnte die ganze Nacht nicht schlafen. Ideen und Alpträume folgten mit unglaublicher Kontinuität aufeinander. Zwei- oder dreimal wachte er mitten in der Nacht schwitzend und keuchend auf und spürte, dass etwas mit ihm nicht stimmte. Shrimp... Cameron... Etwas im Inneren des Colonels sagte ihm, dass der Major kein Verräter war, ganz im Gegenteil. Er war sich fast absolut sicher, dass ihm etwas Schlimmes passiert war und er deshalb nicht zurückgekommen war. Burton hatte den Major mehrfach an verschiedenen Fronten und Schusslinien kämpfen sehen. Und immer hatte er sich bei allen Gelegenheiten wie ein Patriot und Krieger benommen. Es war daher aus Burtons Sicht völlig ausgeschlossen, dass sich der Major als italienischer Denunziant entpuppt hatte. Der Colonel wünschte sich die Morgendämmerung. Vielleicht würden sich seine Sorgen mit dem Licht des neuen Tages auflösen.

Der Kontrollturm des Flugplatzes befand sich im rechten Winkel davon. Mit einem gewissen Stolz überragte es die anderen Basiseinheiten. Die ganz oben liegende Galerie, ganz aus Glas, beherbergte eine lange Reihe von wissenschaftlichen Geräten, die für die Flieger sehr nützlich waren. Vom einfachen Windmesser bis zum Funkfeuer gab es alle notwendigen Geräte, die jeder gute Kommandoturm haben sollte. Colonel Burton stand neben dem Sendeapparat und beobachtete denselben Server, der in gleichen Abständen den Anruf von der Basis ins All schickte. Egal wie oft er anrief, es wurde keinerlei Antwort erhalten. Die "lauschenden" Geräte scannten den Raum ständig nach Geräuschen, die die Stimmung des Basischefs beruhigen würden. Aber es war alles nutzlos, völlig nutzlos. Major Cameron kehrte nicht zurück.

„Auf jeden Fall weiter beobachten und anrufen", befahl der Colonel, bevor er den Turm verließ.

"Ja, Sir", antwortete der Leiter der Hilfsdienste.

„Alles, was passiert, lass es uns wissen. Es ist von großem Interesse für mich.

"Wir werden es tun.

Als Burton den Turm verließ , spürte er ein enormes Gewicht auf seiner Seele. Die Enttäuschung, die er erlebt hatte, schien ihn um viele Jahre gealtert zu haben. Mit langsamen Schritten ging er in sein Büro, ging vorher an der Basiskneipe vorbei, um etwas zu essen. Als er diese

Seite betrat, konnte er feststellen, dass mehrere Piloten über Major Cameron sprachen und dass sie aufhörten zu kommentieren, als sie ihn sahen. Die Offiziere begrüßten den Oberst respektvoll. In einer Ecke des Raums traten die Leutnants Leith und Powell ein, die, den Zustand des Colonels beobachtend, eine Bemerkung machten.

„So wie Sie sehen können, hat es ihn sehr getroffen, dass Major Cameron nicht zurückgekehrt ist.

„Bis zu einem gewissen Grad ist es natürlich, Leith. Ich glaube, sie kennen sich seit mehreren Jahren und haben wiederholt gegeneinander gekämpft.

„Dann ist es verstanden, aber was ist mit dir, was denkst du, was ist mit dem Ältesten passiert? Sag mir.

„Nun, das Logischste; sie werden es niedergeschlagen haben. Er ist in Ruhe gelassen, glaube ich, um eine heikle Mission zu erfüllen. Die Italiener werden ihn angegriffen haben.

"Mitleid.

„Ja, er war ein guter Fahrer und ein toller Teamkollege, wenn auch etwas zurückgezogen.

„Wir haben alle unsere Sachen.

"Sicher.

Die beiden Beamten fuhren fort, Kommentare abzugeben. Etwa eine Viertelstunde nachdem der Oberst die Bar betreten hatte, näherte sich ihm ein Soldat mit eiligen Schritten und flüsterte ihm einige Worte zu. Er verließ das Mittagessen und verließ schnell den Raum.

Als der Oberst am Kontrollturm ankam, sagte der für die Übertragung zuständige Leutnant nach dem Gruß:

„Ein U-Boot erzählte uns, dass es gestern um sieben Uhr abends beim Auftauchen zum Aufladen der Batterien südlich von Pantelleria den Lärm einer Schlacht in Richtung der Insel deutlich vernehmen konnte.

Burton schwieg mit einem leicht zufriedenen Lächeln auf seinem Gesicht. Dann fragte er:

"Nichts mehr?

„Ja, es informiert uns, dass sie aufgrund der Explosionen gefolgert haben, dass das Feuer von Erdbrocken ausging.

„Flugabwehr ?

„Möglich, Herr.

"Vielen Dank.

Burton wusste bereits, dass Cameron sich tapfer verteidigt hatte.

KAPITEL XV

IN FEINDLICHEN LÄNDERN

Hände auf den Felsen geballt. Mit seinem Körper bis zur Brust im Wasser bemühte er sich wirklich, sich über Wasser zu halten. Die durch die Wassereinwirkung rutschigen Felsen boten keine große Sicherheit. Die Wellen schlugen gegen seinen Rücken und drückten seinen Körper gegen die Felsen. Nach und nach und mit großer Anstrengung erhob er sich und hob seinen Körper aus dem Wasser. Die Wunde an seinem Oberschenkel schmerzte stark und das Blut, das er verloren hatte, hatte ihn stark geschwächt. Schließlich legte sich Cameron nach langem Leiden auf einen flachen Felsen. Durch halb geschlossene Augen konnte er in der Schwärze der Nacht das Funkeln der Sterne sehen. Seine unregelmäßige Atmung verriet seine Müdigkeit und Erschöpfung. Die Nacht schützte ihn und seine Feinde, die sahen, dass sein Flugzeug ins Meer stürzte, hatten ihn für tot erklärt. Wie durch ein Wunder war es dem Major jedoch gelungen, das Cockpit zu verlassen, bevor das Flugzeug sank. Schwimmen näherte sich langsam dem Ufer. Er blieb etwa eine halbe Stunde auf dem Felsen liegen, währenddessen seine Atmung gleichmäßiger wurde. Es war sechs Stunden vor Tagesanbruch. Cameron dachte, wenn die Sonne aufgehen würde, ohne dass er einen Zufluchtsort hätte, wäre er hoffnungslos ein toter Mann. Er bemühte sich, setzte sich auf und betrachtete die Stelle, wo er war. Plötzlich bildeten sich in seiner Vorstellung die Bilder einer Vergangenheit, er erinnerte sich an diesen Ort, und er spürte, dass inmitten seiner Tragödie ein Licht der Hoffnung aufging.

Die Gefahr, von einer italienischen Patrouille geortet zu werden, bestand in überwältigender Weise. Kriechend, von Deckung zu Deckung springend, bahnte sich Cameron seinen Weg in die Ländereien von Pantelleria. Wenn ihn seine Erinnerung nicht täuschte, befand er sich in der Nähe eines Dorfes, wo er einst gute Freunde gehabt hatte. Er erinnerte sich auch daran, dass etwa dreihundert Meter davon entfernt ein großes Herrenhaus stand. Im Schutze der Dunkelheit war es nicht sehr schwierig, die Stadt zu erreichen. Cameron verwarf die Idee, ländlichen Straßen zu folgen, also wurde sein Vormarsch querfeldein gemacht, wodurch eine große Anzahl von Gefahren vermieden wurden. Sein verletztes Bein schwankte von Zeit zu Zeit, fiel zweimal zu Boden und stand nach langer Anstrengung wieder auf. Das Gelände, durch das er vorrückte, war felsig und sehr uneben und bot daher große Schwierigkeiten. Einmal glaubte er, in geringer Entfernung Stimmen zu hören, also stand er ganz still und lauschte. Doch so sehr er es auch versuchte, er hörte wieder nichts. Er dachte, dass es vielleicht an seiner Nervosität lag. Die Baumstämme, die er zu finden begann, waren eine Quelle der Freude für ihn, da sie ihm eine Tarnung boten. Plötzlich spürte er, wie sein Herz stehen blieb. Er konnte deutlich den Motor eines Autos hören, das mit zunehmender Lautstärke anzeigte, dass es sich ihm näherte. Mit großer Vorsicht legte er sich auf den Boden und wartete. Er spürte, wie sein Herz hämmerte und seine Hände von kaltem Schweiß durchnässt waren. Die Schwärze dieser Orte wurde durchbrochen von den Scheinwerfern eines Autos, das in einer Kurve dicht an ihm vorbeifuhr. Seine Hände waren vor Angst und Verzweiflung auf den Boden genagelt. Das Auto fuhr davon, Dunkelheit und Stille breiteten sich wieder aus. Er stand wieder auf und begann den Marsch durch das unsichere Gelände. Die Bäume erhoben sich wie Gespenster aus dem Boden und imponierten mit ihrer Masse. Cameron fühlte sich zeitweise schwach und kam in Zweifel, ob er den vorgeschlagenen Zielpunkt erreichen würde. Er wusste genau, dass er an dem Ort, wohin er ging , auf sichere und edle Freunde zählen konnte. Nach zwei Stunden Marsch durch jene Orte, die er vor Jahren in absoluter Ruhe bereist hatte, erreichte er eine Landzunge. Auf dem Boden unter ihm waren mehrere Lichter zu sehen, die schwach flackerten, was auf die Existenz von Gebäuden hindeutete. Cameron studierte die Position dieser Lichter und vergewisserte sich mit großer Präzision, wo er sich befand. Entschlossen ging er los. Plötzlich spürte er, wie seine Füße feucht wurden. Er blieb stehen und beugte sich vor Freude, dass ein kleiner Bach zu seinen Füßen lief. Der Major machte mit seinen Händen einen Topf und trank das reichhaltige und frische Wasser, mit dem er sich wohl fühlte. Nachdem er getrunken hatte, dachte er, er hätte genug Zeit, um ins Dorf zu kommen, und beschloss dann, sich ein wenig auszuruhen. Auf einem dicken Felsen sitzend blieb er regungslos stehen, als er sein Herz pochen spürte. Die Bilder der Vergangenheit türmten sich in seinem Kopf auf und kämpften gegeneinander, um erhalten zu bleiben, aber die Abfolge von Ideen, die in den Erinnerungen geboren wurden, trieb die Bilder in eine schnelle und turbulente Parade.

Vielleicht hatte er geschlafen. Als der Major den Kopf von seinen Handflächen erhob, leuchteten noch die Sterne im All und die Lichter der Häuser funkelten in der Stadt. Erleichtert nach der Pause beschloss er, weiterzugehen. Seine Beine reagierten etwas besser auf die Anforderungen des Marsches, obwohl die Oberschenkelwunde stark schmerzte. Obwohl er schneller gehen konnte, tat er es langsam und mit mehr Vorsicht. Die Nähe zu dem kleinen Dorf bedeutete einerseits Zuflucht und andererseits erhöhte Gefahr. Der Abstieg den Hang hinunter zur Stadt war ein Versprechen von Sicherheit und Gefahr, eine Kongruenz, die den Major quälte. Die Nacht war noch völlig geschlossen und hinter Camerons Rücken begannen schwarze Nebel am Horizont aufzusteigen, was die Dunkelheit tendenziell verstärkte. Seine Hände bluteten. Sein Herumtasten brachte ihn dazu, das Gleichgewicht zu verlieren, so dass seine Hände mehrmals an Büschen und scharfen Pflanzen festhielten, die ihm wehtaten. Die Unsicherheit des Marsches war anstrengend, aufgrund der Unregelmäßigkeit des Geländes, das mehrmals plötzlich seine Konfiguration änderte. Zweimal schien er die Major-Stimmen nicht weit von sich zu hören. Beide Male hielt er die Luft an, um nicht das geringste Geräusch zu verursachen. Beim ersten Mal war er sich nicht sicher, ob sie wirklich redeten, aber beim zweiten Mal hörte er mit großem Entsetzen Stimmen auf sich zukommen. Offenbar handelte es sich um zwei Männer. Sie sprachen richtig Italienisch und Cameron konnte einen Teil eines Gesprächs hören.

„Tapferer Idiot. Sieh zu, alleine zu kommen.

"Es ist nicht wichtig. Jetzt ist er außer Gefecht.

"Er gab viel zu tun..." Das stimmt, aber am Ende...

"Das Wasser.

"Ja...

Das Gespräch war ziemlich klar, so dass der Major nicht verstand, dass diese Männer über ihn sprachen. Er spitzte seine Ohren und hörte:

„Morgen werden sie die Stelle ausbaggern, wo es hingefallen ist, da es auf den Sandbänken gelandet ist. Also werden wir sehen, welches Gesicht es hat.

"Ja.

„Und auch , wie verwirrt er sein wird. Sie werden eine gute Ration Blei hineingelegt haben.

"Sicher.

Die beiden Männer lachten ausgelassen. Als sie damit aufhörten und ihr Gespräch wieder aufnahm, hatten sie sich bereits ziemlich weit entfernt, so dass der Major nur noch ein paar Worte im Fluge verstehen konnte.

„Der Leutnant ... sagt ...

Was würde passieren, wenn sie entdeckten, dass er sich nicht im Gerät befand? Dies war die unmittelbare Frage, die sich der Major stellte und sich selbst schnell beantwortete:

„Sie werden keinen Stein auf dem anderen lassen, bis sie mich finden.

„Die Situation war schwierig, mehr als er geglaubt hatte. Die Ereignisse hatten die Nervosität des Majors erhöht. Mit Schrecken sah er, dass die Lichter der Stadt vor seinen Augen tanzten. Er spürte, wie seine Beine zitterten, und er klammerte sich fest an einen Ast, hielt sich einige Augenblicke fest und rutschte dann aus. Seine Knie berührten den Boden, alles verdunkelte sich vor seinen Augen und er fiel ohnmächtig zu Boden. Die Oberschenkelwunde blutete stark.

KAPITEL XVI

DIE BEGEGNUNG

Als Cameron die Augen öffnete , glaubte er zu träumen, denn vor sich sah er das schöne und jugendliche Gesicht eines Mädchens, das sich über sein Gesicht lehnte und ihn mit einiger Bewunderung ansah. Wie in diesen Fällen fragte Cameron:

"Wo bin ich?

Die junge Frau lächelte ihn an und beantwortete mit einem süßen und tröstenden Akzent die ängstliche Frage:

„Es ist an einem ruhigen Ort, das kann ich Ihnen versichern.

Cameron lächelte und schloss seine Augen und blieb stumm, während er dem gemessenen Atmen seines Begleiters lauschte. Einen Moment lang glaubte er, einen schwachen, angenehmen Frauenduft zu riechen, und er spürte, wie sein Herz schneller schlug. Nachdem er seine Augen ein paar Minuten lang geschlossen gehalten hatte, öffnete er sie wieder und sah, dass das junge Mädchen verschwunden war. Ohne Eile sah er sich in dem Raum um, in dem er sich befand. Es war ein großer Raum mit ziegelrotem Boden und schneeweißen Wänden, an dem ein paar Bilder mit verschiedenen Motiven hingen. In einer Ecke konnte er einen alten dunklen Holzschrank mit einem großen Spiegel sehen, darin konnte er das Spiegelbild des Fensters sehen, das fast am Kopfende seines Bettes war. Er war so in seine Beobachtungen vertieft, dass er nicht bemerkte, dass die junge Frau, die zuvor bei ihm gewesen war, den Raum mit Zivilkleidung auf dem Arm wieder betrat. Die junge Frau, die sich dem Bett näherte, fragte:

"Wie geht es dir?

Cameron wandte sich ihr zu und antwortete:

„Ziemlich erholt.

„Es ist natürlich. Er hat fast acht Stunden geschlafen und wir haben seine Muskelwunde behandelt.

"Vielen Dank.

Als würde sie die Reihe von Fragen erraten, die sich in Camerons Kopf häuften, sagte die junge Frau:

„Mein Bruder fand ihn am Boden liegend und brachte ihn sehr vorsichtig nach Hause. Mein Vater ist Arzt und er sagt, was Sie haben, ist nichts Ernstes, Sie.

antwortete ein sichtlich erfreuter Cameron.

„So wie es aussieht, bin ich in guten Händen.

Die junge Frau, die aufblickte und ihren Blick auf Camerons richtete, kommentierte mit einer gewissen Arroganz:

„Dessen können Sie sich sicher sein.

Ich wollte sie mit meinem Kommentar nicht beleidigen.

„ Natürlich weiß ich.

Die junge Frau hatte die Kleider auf Camerons Bett gelassen und sagte lächelnd:

„Steh auf, zieh Zivil an und geh nach unten. Mein Vater will mit ihm reden.

"Gut.

„Wenn Sie etwas brauchen, rufen Sie an.

"Vielen Dank.

Mit einem schnellen Schritt ging die junge Frau zur Tür und verließ den Raum.

Während der Älteste diese Kleidung, bestehend aus einer Cordhose und einem Flanellhemd sowie ein paar alten Wanderschuhen, anzog, wunderte er sich, beruhigte seine Nerven und versprach sich viel Glück.

Die Treppe, über die er ins Erdgeschoss hinunterging, war aus Holz und ziemlich abgenutzt. Als er die letzten Stufen davon erreichte, konnte er vor sich einen großen und prächtigen Raum sehen, in dessen Mitte ein großer Tisch stand. Er betrachtete alles, was vor seinen Augen erschien, als er eine männliche Stimme hörte, die ihm ruhig sagte:

„Kommen Sie, Major, setzen Sie sich.

Cameron drehte sich zu der Stelle um, aus der die Stimme gekommen war. Er machte einen älteren Mann mit gestutztem Bart aus, der ihn zu einem Platz dirigierte. Der junge Mann gehorchte und der andere erklärte, seinen Worten zuvorkommend:

„Als mein Sohn Olaf dich gebracht hat Sie waren bewusstlos, aber ich konnte sofort sehen, dass Sie sich schnell erholen würden. Er machte eine Pause und fügte dann hinzu: Mein Name ist Nissen und ich bin Arzt. Wir leben hier seit vielen Jahren mit meinen Kindern. Da wir schwedische Untertanen sind, gehören wir einer neutralen Nation an und die Italiener haben uns nicht gestört. Und übrigens, diese werden jetzt nach dir suchen. Sie haben erkannt, dass er nicht gestorben ist und zu Hause versteckt bleiben muss.

„Ich weiß das zu schätzen, aber ich setze sie einem enormen Risiko aus.

Niss zuckte mit den Schultern.

„Das Leben ist eine Reihe von Risiken. Sie selbst sind ein großes Risiko eingegangen.

Cameron nickte.

„Ich wurde auf wundersame Weise gerettet.

"Du kannst sagen.

„Ich verstehe immer noch nicht, wie ich den Angriffen der italienischen Kämpfer lebend entkommen bin.

„Es war einfach nicht seine Zeit. Wenn dieser ankommt , wird es keine menschliche Kraft geben, die ihn retten könnte.

"Ist richtig.

"Jetzt komm schon. Sie müssen wieder zu Kräften kommen und das geht nur mit einem guten Mittagessen.

„ Wieder hast du recht.

Sie standen auf und gingen zu dem Tisch in dem Raum, wo die junge Frau, die ursprünglich der Ältesten beigestanden hatte, ein herzhaftes Mittagessen serviert hatte.

„Meine Tochter hat ein tolles Händchen in der Küche.

" So scheint es", antwortete Cameron und sah auf das Essen.

„Setz dich hin und iss so viel du magst.

"Vielen Dank.

Cameron gehorchte und begann mit großem Appetit zu essen. Während des Mittagessens wurde wenig gesprochen. Gegen Ende betrat plötzlich ein stämmiger junger Mann keuchend den Speisesaal und sagte mit vor Erschöpfung brüchiger Stimme:

„Sie durchsuchen die Stadt, Haus für Haus! Es wird nicht lange dauern, bis die Patrouille hier eintrifft!

Sie verstummten alle und sahen einander an. Plötzlich stand der alte Mann auf und sagte:

„Du musst dich verstecken. Geh mit ihm, Olaf; Du weißt wohin .
Der alte Mann bedeutete dem Älteren, dem jungen Mann zu folgen.

Cameron fragte:

"Meine Uniform?

"Hab keine Angst. Es hat sich in einen Haufen Asche verwandelt.

"Das ist gut.

Mit ungeduldiger und unbehaglicher Stimme rief Olaf aus:

"Komm schon, beeile dich!

Cameron folgte dem jungen Mann und begann die Treppe hinauf. Plötzlich erreichten sie Cameron, ein lautes Klopfen an der Haustür.

„Sie sind schon da!", rief Olaf.

„Ja, das müssen sie sein.

„Komm, komm schnell!

Als sie eine zweite Etage erreichten, gingen sie einen langen Korridor hinunter zu einem Raum. Drinnen ging Olaf zu einer Kommode, und als er sie von der Wand wegzog, kam eine kleine Tür zum Vorschein.

„Treten Sie ohne Angst ein. Es wird sicher sein. Mach dir keine Sorgen. Wenn sie weg sind, werden wir Sie informieren.

Etwas nervös tat Cameron, was ihm gesagt wurde.

KAPITEL XVII

EINE ENTDECKUNG

Die Stimmen der Soldaten, die das Haus durchsuchten, erreichten Cameron nur schwach. Mit angespannten Nerven blieb er bewegungslos und wartete auf die Ereignisse. Plötzlich wurde ihm bewusst, dass die Stimmen lauter wurden. Italienische Soldaten waren in dem Raum, der zu ihrem Versteck führte. Ihr Herz schlug schnell und sie konnte ihr Gespräch deutlich hören.

„Wir sind sicher, Doktor, dass der Engländer, den wir abgeschossen haben, lebt und sich auf der Insel versteckt.

„Ich verstehe, aber die Suche nach ihm sollte keine leichte Aufgabe sein.

"Dich selbst...

Cameron war erstaunt über die Ruhe, die sein Freund, der Arzt, zeigte.

„Haben Sie keine Hinweise?

„Dies ist die Stadt, die dem Punkt, an dem Ihr Gerät heruntergefallen ist, am nächsten liegt, also haben wir hier mit der Suche begonnen. Ich bitte um Entschuldigung für die Unannehmlichkeiten.

„Mehr ging nicht. Sie kommen Ihrer Verpflichtung nach.

"Na sicher.

„Du musst dich nicht entschuldigen.

„Danke, wir sehen, dass hier niemand ist. Wenn Sie uns erlauben, werden wir fortfahren.

„Ja, ja, weiter.

Mit Freude stellte Cameron fest, dass sich die feindlichen Soldaten entfernten. Während er darauf wartete, dass sie kamen und ihn aus seinem Versteck holten, wurde er sich nach und nach der Dunkelheit des Ortes bewusst, an dem er sich befand. Als sich seine Augen an das schwache und trübe Licht gewöhnt hatten, sah er vor sich einige unordentliche Möbel. Auf einem Tisch in einer Ecke des winzigen Zimmers, in dem er sich befand, sah er einen Stapel Papiere. Mit fast mechanischen Bewegungen begann er in besagten Papieren zu blättern, von denen einige zu Boden fielen. Cameron bückte sich, um sie aufzuheben, und seine Überraschung war groß, als er ein Foto von einer Person fand, die er kannte. Als seine Augen auf das Bild auf dem kleinen Papierviereck gerichtet waren, fühlte er ein schreckliches Gefühl. Er verharrte einige Augenblicke absolut still und steckte dann mit einer nervösen Geste das Foto in seine Hosentasche. Nach einer für den Ältesten unbestimmten Zeit spürte er dieses Geräusch wieder im Zimmer, das seinem Versteck Platz machte. Plötzlich hörte er eine fragende Stimme.

„Geht es Ihnen gut, Major?

Cameron erkannte Michaels Stimme und antwortete.

"Ja.

„Jetzt werde ich ihn aus seinem Versteck holen. Die Gefahr ist vorüber.

"Gerne, danke.

Als sich der Älteste in Gesellschaft seiner neuen Freunde wieder im Erdgeschoss des Gebäudes wiederfand, fragte er:

"Was ist passiert?

Der alte Mann mit freundlichem Gesichtsausdruck näherte sich dem Ältesten und nahm ihn am Arm und sagte:

„Nichts, nichts Besonderes.

„Sie suchen mich?

"Ja das ist.

„Vielleicht kommen sie zurück?

„Könnte sein, aber noch nicht.

"Gut.

Der alte Arzt setzte sich auf einen Stuhl und sagte, nachdem er einige Minuten geruht hatte:

„Meine Tochter sagt, die Italiener sind sich absolut sicher, dass Sie in dieser Stadt sind. Wir dachten, es wäre bequem für Sie, daraus auszusteigen.

„Aber wie?

Mit seiner rechten Hand kratzte der alte Mann seinen Bart und nachdem er einige Augenblicke meditiert hatte, rief er aus.

"Ist nicht schwierig.

"Entlarven.

„Sehen Sie, wir kennen einige Geheimgänge, die zur Meeresküste führen. Es sind uralte Wasserströmungen, die im Laufe der Zeit ihr flüssiges Element verloren und eine Reihe geheimer Tunnel hinterlassen haben ...

„Und was würde er gewinnen, wenn er das Meer erreichen würde?

„Mein Sohn Michael versorgte ihn mit einem Schlauchboot und Essen. Damit kommen Sie näher an die von einheimischen Booten frequentierten Gebiete heran.

Cameron schien über die Worte seines Retters nachzudenken, nachdem er einige Augenblicke geschwiegen hatte, in denen er seine Augen nicht von der Tochter des Arztes, deren Name Signe war, abwandte. Endlich sagte er:

„Es ist riskant, aber ich denke, es ist meine einzige Chance.

„Ja, das ist es.

„Okay, also wann?

"Morgen.

"In Übereinstimmung.

In dieser Nacht konnte Cameron nicht schlafen, seine Gedanken flogen zu dem, was vor ihm lag. In einem Gummiboot ins offene Meer zu stechen und von Feinden umgeben zu sein, war keine leichte Aufgabe. Er verstand jedoch, dass es seine Rettung war, denn die Italiener würden nichts unversucht lassen, bis sie ihn fanden. Er war in großer Gefahr, in diesem Haus zu bleiben, und außerdem war es für seine Besitzer eine große Verpflichtung. Es war entschieden seine

Pflicht. In der Nacht wurde er von den schrecklichsten Albträumen heimgesucht. Er glaubte, immer wieder von den Italienern überrascht zu werden, und bei anderen Gelegenheiten glaubte er, den jungen Signe, von den Feinden zum Märtyrer gemacht, harten Verhören ausgesetzt zu sehen. Doch das Licht der Morgendämmerung zerstreute ihre Leiden.

Als er ins Esszimmer hinunterging, warteten alle auf ihn. Cameron ärgerte sich über diese Freundlichkeit, denn er hatte noch nie an eine solche Hilfe denken können.

„Hallo. Wie hast du geschlafen?

Der lügende Cameron antwortete:

"Gut, sehr gut.

„Wir sind froh darüber.

Nach dem Mittagessen, bei dem genau beobachtet wurde, ob sich die Italiener dem Haus näherten, fragte Cameron, indem er das Foto aus seiner Hosentasche zog, das er an dem Ort gefunden hatte, der als Versteck diente:

„Kennen Sie diese Person?

Das Foto ging von Hand zu Hand und alle leugneten, ihn zu kennen.

„Aber: Ich war doch bei dir zu Hause!

Der alte Arzt antwortete:

„Wir zweifeln nicht daran, weil ich selbst dieses Foto bei einer anderen Gelegenheit gesehen habe.

"Wie?

„Sehen Sie, in diesem Haus war vor ungefähr einem Jahr das italienische Oberkommando, und eine Reihe von Treffen oder Konferenzen wurden darin abgehalten. Das Foto, das Sie während Ihrer Haft im Zimmer gefunden haben, wurde von einem der Anwesenden vergessen. Versteht?

„Du meinst, es gehört einem Italiener?

„Ja, an einen Chef des italienischen Generalstabs.

Cameron schwieg einige Augenblicke, dann sagte er mit langsamer und selbstgefälliger Stimme:

"Danke für die Klarstellung.

„Sie haben es nicht verdient, und da wir gerade von etwas anderem sprechen. Bist du bereit, heute Nacht zu gehen?

"Ja.

„Nun, mein Sohn Olaf wird Ihnen alle möglichen Einzelheiten mitteilen.

"Es ist okay.

Cameron sah Signe, die neben ihm saß, schief an und bemerkte die große Rührung, die sie erfasste.

KAPITEL XVIII

RÜCKKEHR

„Viel Glück für Sie, Major.

„Danke, Olaf. Ich werde deine Hilfe nie vergessen.

"Es ist nicht wichtig.

„ Ja , das tut es. Mehr als du dir vorstellen kannst.

Die Nacht war komplett geschlossen. Der mit schwarzen Wolken bedeckte Himmel raubte jegliche Sicht. Das Wasser des Meeres war ruhig. Sie hatten bereits alle Vorräte im Gummiboot verstaut. Cameron streckte Olaf seine Hand entgegen, als er sagte:

Auf Wiedersehen und viel Glück, ich komme wieder.

„Bis auf ein anderes.

Das Floß schwamm mit großer Wendigkeit auf dem Wasser, entfernte sich nach und nach von der Küste und tauchte daher in das Wasser ein. Der kleine Kompass, den Olaf dem Ältesten geschenkt hatte, genügte ihm, um sich mitten im flüssigen Element zu orientieren. Nicht das geringste Licht war zu sehen und die Schwärze war der Besitzer des Raumes. Der Geist von Major Cameron, der vom Schrecken dieser Nacht überwältigt war, vermittelte das Gefühl, in einer nicht existierenden Welt zu sein.

Der Major war bereits drei Stunden gesegelt, als er beschloss, die Route, der er folgte, zu überprüfen. Mithilfe der Karte und des Kompasses, die Olaf zur Verfügung gestellt hatte, stellte Cameron sicher, dass er in die richtige Richtung ging. Die Ereignisse, die Stunden zuvor gelebt hatten, blieben im Kopf des Majors lebendig. Er schien Signes schwache Stimme zu hören, die ihn abwinkte, und ihre Augen voller Tränen, die sie hinter einer köstlichen Scham verbergen wollte.

Die Meeresbrise flüsterte dem Major ins Ohr, das Wasser blieb ruhig und die Temperatur angenehm. Um acht Uhr vierzig schätzte Cameron, dass er etwas weniger als die Hälfte der Distanz zurückgelegt hatte, die ihn von seinen Landsleuten trennte. Die Brise, die die ganze Nacht geweht hatte, blähte die kleinen Segel seines Bootes und trieb ihn seinem Ziel entgegen. Die Lichter der Morgendämmerung beleuchteten die Meeresoberfläche, die sauber und ruhig wirkte, abgesehen von den natürlichen Wellenbewegungen. Um zehn Uhr kamen sie etwa fünfzig Meter von Cameron entfernt vorbei, ein Schwarm Delfine, die aus dem Wasser sprangen und ihre metallischen Rücken entblößten. Die Show war wunderschön. Die Geschwindigkeit, die diese Fische erreichten, war außergewöhnlich, und in wenigen Minuten waren sie verschwunden, der Anblick. Gegen elf Uhr konnte der Älteste den Motor eines Flugzeugs hören. Er suchte es im Blau des Himmels, und schließlich erkannte er es weit im Norden und ziemlich hoch. Er blieb ein paar Sekunden mit den Augen auf das Gerät gerichtet, bis er sicher war, dass es sich um einen Italiener handelte. Vielleicht suchten sie ihn? Camarón verstand, wie schwierig es war, ihn ausfindig zu machen, da er nichts weiter als ein unsichtbarer Punkt in einer riesigen Ebene war.

Vier Stunden waren vergangen, seit Cameron das italienische Flugzeug gesehen hatte, als er vor sich im Süden die Rauchfahne eines Schiffes erkennen konnte. Unbehagen überkam ihn. Das Sicherste war, dass dieses Schiff englisch war, weil es sehr weit nach Süden segelte und das feindliche Geschwader es bisher nicht gewagt hatte, so weit zu gehen. Mit seinem Fernglas blickte er ängstlich auf die Stelle, aus der die dicke schwarze Rauchsäule aufstieg. Doch ein leichter Nebel hinderte den älteren Mann daran, die Merkmale des Schiffes klar zu erkennen.

Innerhalb einer Stunde konnte Cameron feststellen, dass das Schiff britisch war und dass die Route, der es folgte, sich ihm näherte. Die Freude überwältigte ihn und mit angespannten Nerven wartete er auf den Moment, in dem er gerettet wurde. Der Wind hatte an Stärke zugenommen, ebenso wie die Wellen, also tanzte das kleine Boot auf dem Wasser. Jedes Mal, wenn er in den Bauch einsank, der sich zwischen Welle und Welle bildete, verschwand das Schiff aus seinem Blickfeld, aber als es von einem Gewässer wieder angehoben wurde, tauchte die Silhouette des Schiffes wieder vor ihm auf.

Oben auf dem Boot stehend, sein Hemd am Ende seines Ruders schwingend, versuchte Major Cameron, die Aufmerksamkeit der Schiffsbesatzung zu erregen, die sich in relativ kurzer Entfernung von ihm befand. Bei seiner Navigation hatte das Schiff einen Halbkreis für das beschrieben, was auf seiner Route verfolgt worden war. Cameron schrie mit aller Kraft. Plötzlich, zur unendlichen Freude des Majors, entlud sich das Schiff mit einem seiner Bugstücke. Sie hatten ihn gesehen!

Als Cameron mit dem Essen fertig war, lehnte er sich in seinem bequemen Sitz zurück und schwieg einige Augenblicke, während er den Ersten Offizier des Schiffes beobachtete, der ihn abgeholt hatte. Der Offizier, ein distinguiert aussehender junger Mann, beugte sich mit einem lächelnden Gesichtsausdruck über Cameron und fragte:

"Ersatz?

Cameron antwortete mit langsamer und gemächlicher Stimme, nachdem er einen langen, tiefen Atemzug genommen hatte:

"Etwas.

Die Kabine war klein, aber komfortabel, mit allem Komfort, den man sich an Bord eines Kriegsschiffes wünschen und wünschen konnte. Durch das kleine Guckloch, das nach draußen führte, trat fröhlich die Sonne ein, während das Schiff mit voller Geschwindigkeit auf die Küste Nordafrikas zusteuerte.

„In einer Stunde sind wir am Boden.

„Wie froh ich bin.

„Natürlich, Major", sagte der Schiffsoffizier mit selbstgefälliger Stimme, „Ihre Odyssee ist es wert, unter den großen Episoden erzählt zu werden.

Cameron machte eine negative Geste mit dem Kopf und kommentierte:

„ Glauben Sie es nicht, was mir passiert ist, ist unter Fliegern sehr verbreitet. Und übrigens, haben Sie den Luftwaffenstützpunkt Tobruk über meine Begegnung informiert?

„Ja, Ihre Chefs wissen bereits, dass Sie von uns abgeholt wurden.

„Ich bin froh, dass sie so ruhiger werden.

„Natürlich haben wir eine Nachricht von Ihrem Colonel erhalten, in der er seine Freude zum Ausdruck bringt, zu hören, dass Sie gesund und munter sind und zur Basis zurückkehren.

An Deck beobachtete Cameron das Ufer, während sie sich unaufhörlich näherten. Die mächtigen Maschinen des Schiffes schoben mit energischem Impuls die gewaltige Stahlmasse ihrem Bestimmungsort entgegen. Mit Rührung und fast ungläubig betrachtete der Älteste das Land, das für ihn eine Verheißung war.

„Wir sind da", kommentierte der erste Offizier, der sich dem Major näherte.

„Ja, und ich bin wirklich aufgeregt.

"Ich verstehe.

Das Schiff näherte sich den Anlegedocks und blieb nach geschicktem Manövrieren an den Zementbänken hängen. Rückblickend blickte Cameron mit einer gewissen Ironie auf die große Wasserebene. Dann wandte er sich an den Beamten und sagte:

„Nun, ich bin schon angekommen. Ich danke dir für das, was du für mich getan hast.

„Das war meine Pflicht als Landsmann.

„Trotzdem danke ich Ihnen.

Der Erste Offizier schüttelte Cameron die Hand und sagte:

"Viel Glück Freund.

„Danke und ebenso.

„Das ist zu erwarten.

Etwas nervös sprang Cameron von Bord. Als er auf dem festen Boden des Docks war, drehte er sich zu ihm um und winkte dem Offizier zu, der den Gruß vom Deck erwiderte. Cameron murmelte:

« «Gesegnet seist du, Freund ...»

Minuten später setzte das britische Schiff seinen Marsch fort, nachdem es einen Landsmann auf das Festland zurückgebracht hatte.

KAPITEL XIX

EIN PUNKT WIRD KLÄRT

Oberst Burtons Freude über die Nachricht von Major Camerons Rückkehr kannte keine Grenzen. Der Sicherheitschef schien zufrieden zu sein, aber im Grunde war die Rückkehr des Majors für ihn ein Misserfolg, und es tat ihm weh. Burton, dessen Gesicht vor Emotionen glühte, redete sich in reichlichem Geschwätz den Kopf ab.

„Ich habe das Spiel gewonnen, Cameron ist zurück!

"Ich weiß", antwortete der ältere Wayne.

„Ihre Prophezeiungen haben sich geirrt, denn in wenigen Minuten werden Sie hier sein. Es wird sicherlich interessante Informationen für uns bringen, nicht für die Italiener.

Burtons Worte trafen den Major, der geduldig der Rede seines Vorgesetzten lauschte und nicht zu antworten wagte.

Während der Wartezeit bis zur Ankunft des Ältesten bereiteten seine Kameraden einen Empfang für seine Ankunft vor. Kurz nach Mittag war das Dröhnen eines Automotors und das Geschrei einiger Piloten zu hören.

»Hier ist es!«, rief der Oberst und stand plötzlich auf.

Tatsächlich kam ein „Jeep" über das Feld, in dem der Älteste fuhr. Seine Gefährten rannten Cameron entgegen, der ihre Grüße mit großer Freude erwiderte.

Als Major Cameron Minuten später in Colonel Burtons Büro war, bat dieser ihn, ihm im Detail zu erzählen, was mit ihm passiert war. Am Ende seiner Erklärung wandte sich Cameron an den Sicherheitschef und sagte:

„Für Sie bringe ich Daten von großem Interesse.

"Die?

Cameron spielte den Faulen und sagte lächelnd:

„Ich bin in der Lage, Ihnen mit absoluter Gewissheit zu sagen, wer die Person ist, die die Verteidiger von Pantelleria auf unsere Interventionen aufmerksam macht.

Überraschung und Neugier spiegelten Waynes Gesicht wider. Ohne es vermeiden zu können, fragte er:

"Wer?

Der Major schien bereit zu sein, Wayne zu quälen, da er es nicht eilig hatte, die Dinge zu klären. Burton hingegen zeigte kein großes Interesse an der Sache. Schließlich holte Cameron nach großen Umwegen das im Haus seiner Retter gefundene Foto aus seiner Jackentasche und übergab es Colonel Burton, der, als er es in den Händen hielt und es sah, ausrief:

„Gärtner !

Der Major erhob sich von seinem Sitz, trat an Burtons Seite und richtete seinen Blick auf das Foto.

"Es ist möglich?

Der Älteste erklärte unbeirrt, wie er dieses Foto gefunden hatte.

„Also ist es Captain Tom Gardiner, der italienische Informant?

„Es besteht kein Zweifel, mein Herr, auf dem Foto, das ich Ihnen gegeben habe, erscheint der Kapitän in einer italienischen Uniform. Er ist es also, der informiert.

Burton wandte sich an den Sicherheitschef und sagte:

„Halten Sie ihn sofort auf und bringen Sie ihn zu mir.

"Jawohl.

Waynes Befehl gehorchend, verließ er das Büro und ließ den älteren Mann beim Colonel zurück, der weiter redete, als der Sicherheitschef ging, aber in einem weniger offiziellen Ton und eher wie Kollegen. Eine halbe Stunde später trat der Sicherheitschef wieder ein, begleitet von Captain Gardiner, der den Major überschwänglich begrüßte. Colonel Burton fragte nach den ersten Augenblicken ruhig:

„Können Sie mir einen Gefallen tun, Captain?

Gardiner antwortete mit großem Eifer:

"Natürlich, der Herr.

„Nun, dann wollen Sie uns erklären, was dieses Foto bedeutet.

Burton reichte dem Captain sein Foto. Der Offizier schien zu erstarren, sein Gesicht nahm die Ausdruckslosigkeit von Granit an, und in beeindruckendem Schweigen betrachtete er das Foto. Der Sicherheitschef sagte:

„Es tut mir leid, Captain, aber meine Pflicht ist es, Sie aufzuhalten.

„Es tut mir auch leid", kommentierte Burton.

Der Hauptmann legte das Foto wieder auf den Tisch, drehte sich zum Major um und starrte ihn unverwandt an. Cameron, der den Blick des Kapitäns beobachtete, erklärte:

„Es ist eine schlechte Angewohnheit, vergessene Fotos zurückzulassen. Ich habe es zufällig gefunden.

Der Hauptmann seufzte tief und ohne seine Kaltblütigkeit zu verlieren, sagte er zum Oberst:

"Du hast gewonnen.

„Ja, zum Glück.

„Ich habe nichts weiter getan, als mich an das zu halten, was meine Kommandeure mir befohlen haben.

„Ich weiß, du hast deine Pflicht getan, indem du deine Leute informiert hast, aber es ist vorbei, sie werden keine Bestätigung unserer Angriffe mehr haben.

Der Sicherheitschef schwieg und wartete auf den Befehl, sich mit dem Gefangenen zurückzuziehen, um ihn einem intensiven Verhör zu unterziehen. Nachdem Burton die Schuld des Captains bestätigt hatte, überließ er ihn den Händen des Sicherheitschefs.

„Ein Feind weniger", sagte der Oberst zum Major, als sie allein waren.

„Ja , es ist richtig.

„Und denke, dass ...

"Was?

„Nichts , es spielt keine Rolle.

Die drei Kanalinseln wurden intensiv bombardiert und einer totalen Blockade ausgesetzt, so dass die Verteidigung der drei Inseln zu schwächeln begann, umso mehr, als den Verteidigungsgarnisonen die Vorräte ausgingen.

Major Cameron wurde sich Flug für Flug der anhaltenden Schwäche der Insel bewusst und verstand, dass es nicht lange dauern würde, sich zu ergeben. Zweimal auf seinen Flügen betrat er nach Abschluss seiner Mission das Gelände der Insel und flog über das Haus seiner Retter, die sofort verstanden, wer dieses Gerät steuerte.

Die Arme vor der Brust verschränkt, fragte der Oberst:

„Was ist los, Cameron?

„Die Italiener werden nicht lange durchhalten. Bei jedem Flug, den er machte, bemerkte er einen großen Verlust im Abwehrfeuer.

„Vielleicht wird es eine Frage von zwei oder drei Tagen sein.

"Ich glaube schon.

„Und dann nach Sizilien.

Burton ging zu einer Karte, die an der Wand hing, und sagte, den Blick auf die Insel Sizilien gerichtet:

„Damit leiten wir das Ende des Krieges ein.

"So Gott will.

„Und die Männer auch. Was haben Sie vor, wenn der Krieg vorbei ist?

Cameron antwortete ohne das geringste Zögern:

„Wenn ich es lebend herausschaffe, werde ich mir einen guten Job bei einer Fluggesellschaft suchen.

„Und was das Heiraten angeht?

„Wenn es eine Möglichkeit gibt, warum nicht?

Die beiden Soldaten werden sich noch lange unterhalten, über verschiedene Themen, den Krieg und seine Komplikationen beiseite lassend.

Die Kampfapparate landeten und starteten ununterbrochen von der Tobruk-Basis, um das Gelände der drei Inseln weiter zu zerstören, die offensichtlich an Verteidigungsfähigkeit verloren.

KAPITEL XX

BESTIMMUNG

Das Gerät bewegte sich auf einen Punkt zu, der für Pantelleria ein entscheidender Verteidigungspunkt gewesen war. Landungseinheiten der englischen Streitkräfte hatten die Küste der Insel berührt, und die Italiener ergaben sich, ohne Widerstand zu leisten. Die Engländer erkannten, dass sich die Feinde bei der Verteidigung dieser Handvoll Land heldenhaft verhalten hatten, aber der Mangel an Wasser, Nahrung und Munition hatte die Niederlage der Italiener beschleunigt.

Nach dem Beobachtungsflug über die Insel kehrte Cameron zum neuen Stützpunkt Pantelleria zurück, nachdem die Teams der Hilfsdienste die Trichter gefüllt hatten, die auf dem Flugplatz durch die Bomben entstanden, die bei dem kontinuierlichen und schweren Bombardement abgeworfen wurden. Mit einigen Unebenheiten, bedingt durch die fehlerhafte Landebahn, landete der Major zum ersten Mal mit seinem Flugzeug auf der Insel. Er steuerte sein Flugzeug auf die Gruppe zu, und sobald er dort war, entfernte er den Kontakt und stoppte den Motor.

Die Sonne knallte hart auf die Straße. Dazwischen raste der offene Wagen, in dem Cameron fuhr, in zügigem Tempo. Nach etwa einer halben Stunde Fahrt erreichten sie die Spitze einer kleinen Erhebung im Boden, hinter der das Dorf auftauchte, in dem der Älteste Schutz gefunden hatte. Von dort oben suchte er mit einiger Angst das Haus, in dem er sich wiederfinden wollte. Rechts stand, ordentlich und stolz, das zweistöckige Haus. Cameron war aufgeregt, als das Auto auf das Gebäude zurollte.

Olaf war dem Ältesten fast im Laufschritt entgegengegangen, der Arzt tauchte hinter ihm auf. Cameron begrüßte die beiden herzlich, war aber dennoch etwas entmutigt, als er Signe nicht sah. Der alte Arzt sagte, als hätte er die Wünsche des Älteren erraten:

„Frauen sind kokett. Manchmal verbringen sie eine halbe Stunde damit, gegen eine Welle zu kämpfen, die von dort abwandert, wo sie sein sollte, aber ich glaube nicht, dass der Kampf lange dauern wird.

Cameron, erleichtert durch die Worte des Arztes, antwortete:

"Jetzt verstehe ich.

Etwa zehn Minuten lang, geschützt vor der Sonne unter einem Rohrvordach, erklärte der Arzt dem Ältesten, wie die Italiener an Kraft verloren hatten, bis der Moment der Kapitulation kam.

„Haben sie sie noch einmal durchsucht?

„Nein, sie hatten keine Zeit.

Die drei Männer redeten weiter, bis ...

Signe war schön, sehr schön, und Cameron fühlte einen Schock, als die junge Frau plötzlich vor ihm auftauchte, vielleicht mit einstudierten Bewegungen und einstudierten Gesichtsausdrücken. Der Älteste stand auf und reichte Signe die Hand, das einzige, was ihm einfiel, war zu sagen:

"Hallo.

Die entschlossenste junge Frau zeigte große Freude über die Rückkehr des Älteren und belagerte ihn mit Fragen über seine Reise zurück nach Afrika und andere Dinge.

Fröhlich pfeifend lehnte sich Cameron gegen einen Benzinkanister, während er zusah, wie sein Gerät überprüft wurde. Plötzlich fragte ihn jemand hinter seinem Rücken:

„Was ist diese Freude?

Als der Major sich umdrehte, sah er, dass der Colonel ihn stirnrunzelnd ansah. Cameron, der militärische Formalitäten vergaß, fragte unverblümt:

„Könnte ich heute Abend essen gehen?

"Eine Erlaubnis?

"Ja.

„Wir werden das bei einem Bier besprechen, okay?

„Für mich ja.

„ Also los geht's.

Burton zeigte großes Mitgefühl für Cameron. Er legte seine Hand auf die Schulter des Ältesten und sagte:

„Vielleicht ist es das letzte Bier, das wir zusammen trinken ...

"Wie?

„Morgen gehe ich zurück nach Tobruk, und Sie bleiben bis zu weiteren Befehlen hier. Wer weiß, wohin sie gehen werden? Und weil er mich vielleicht zum letzten Mal um eine Genehmigung bittet, gebe ich sie ihm.

"Vielen Dank.

„Und wo willst du hin?

In wenigen Worten erklärte Cameron sein Treffen mit denen, die ihm das Leben gerettet hatten, und dass er an diesem Abend auch eingeladen war, mit ihnen zu Abend zu essen. Burton lächelte und klopfte sich mit der Spitze seines Zeigefingers auf die Nase und sagte:

„Für mich riecht es nach Versengungen.

„Singen?

„Nun, zur Hochzeit.

„Gott wird sagen.

Beim letzten Schluck Bier sagte Burton:

„Gott hat es bereits gesagt.

Burton ging weg, während ein lächelnder Cameron ihn beobachtete.

Der Tag neigte sich dem Ende zu, als Cameron auf dem Rücksitz des Dienstwagens saß und auf das Clift-Haus zusteuerte, seine Vorstellungskraft Signes Gesicht materialisierte und Limerón den großen Wunsch verspürte, bei ihr zu sein.

Dr. Ruter Clift bemerkte, während er das Glas seines Gastes füllte, dass er seine Tochter nicht aus den Augen ließ, und sein schnelles Verständnis ließ ihn sehen, was passieren würde.

„Magst du die Insel?

Cameron antwortete, als käme er aus einem Traum:

„Ja. Ich kannte sie schon, vor ungefähr fünfzehn Jahren war ich hier.

"Es ist interessant...

Aber Cameron achtete kaum darauf, was sie sagten. Er sah nichts als Signes schönes Gesicht und hörte nichts als Colonel Burtons Stimme, die sagte: „Gott hat es schon gesagt."

ENDE